Wallace & Gromit: Vengeance Most Fowl

First published 2024 by Macmillan Children's Books an imprint of Pan Macmillan
Written by Amanda Li
Based on the film Wallace & Gromit: Vengeance Most Fowl
©&™ Aardman Animations Ltd/Wallace&Gromit Ltd 2025
Korean translation © 2025 by FIKA
All rights reserved.
This edition is published by arrangement with Macmillan Children's Books through
KidsMind Agency, Korea.

이 책의 한국어판 저작권은 키즈마인드 에이전시를 통해 Macmillan Children's Books와 독
점 계약한 FIKA에 있습니다. 신 저작권법에 의해 한국 내에서 보호를 받는 저작물이므로 무
단전재와 복제를 금합니다.

월레스와 그로밋™

복수의 날개

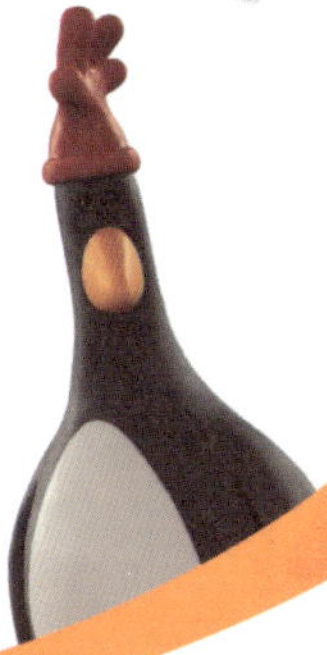

어맨다 리 지음 | 방경오 옮김

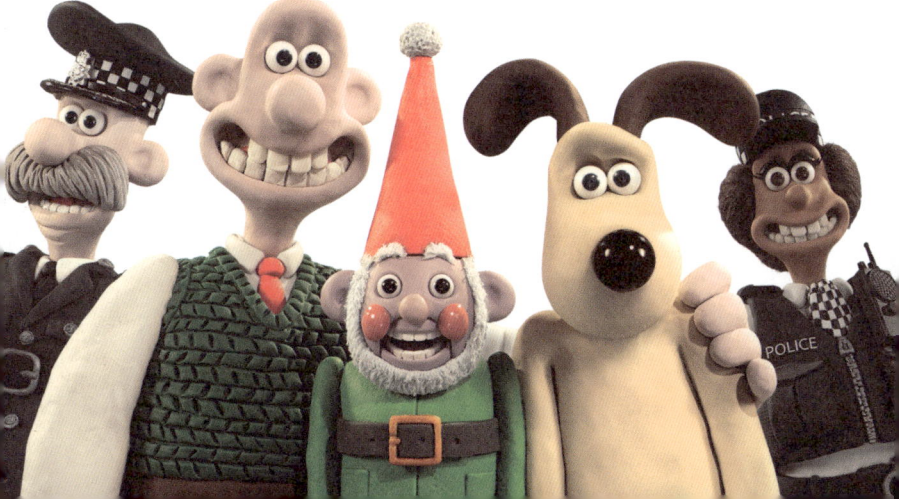

웨스트 월러비 스트리트

62번지에 오신 걸 환영합니다!

바로 이곳이 월레스와 그로밋의 집이 있는 웨스트 월러비 스트리트 62번지입니다. 지하실에서는 월레스가 발명 작업을 합니다. 월레스의 기상천외한 발명품들이 만들어지는데, 새로운 아이디어가 샘솟는 만큼 점점 커진답니다. 이 지하실에는 풍차로 빵을 굽는 기계와 뜨개질 공장이 들어섰고, 나중에는 무려 로켓 발사대까지 등장했었지요!

월레스와 그로밋은 거대한 모험에 휩쓸려 정신 없는 나날을 보내는 중에도, 종종 거실 소파에 나란히 앉아 따뜻한 차 한 잔과 치즈 크래커를 즐기며 행복한 시간을 보내곤 합니다.

월레스

영국 북부 출신의 천재 발명가입니다. 그
가 발명과 치즈보다 더 사랑하는 유일한
존재인 그로밋은 충직한 반려견이자 친구
입니다. 쓸데없이 복잡해 보이는 그의 발명
품들은 때때로 상상하지 못할 방식으로 일
상을 업그레이드 시킵니다. 늘 "하면 된다!"
라는 긍정적인 태도 덕분에 부작용을 미리
생각하지 않아서 문제를 일으킬 때도 있지
만! 월레스는 오랜 친구 그로밋을 향한 애정
으로 발명을 시작할 뿐, 그에게 나쁜 마음은
한 톨도 없습니다.

그로밋

그로밋은 주인이자 가장 친한 친구인 월레스의 곁을 오랜 시간 묵묵히 지켜온 충직하고 인내심 강한 조수입니다. 정원 가꾸기, 독서, 예술 활동, 차 마시기, 뜨개질처럼 잔잔한 일상을 좋아하지요. 그로밋은 차분한 겉모습과는 달리 매우 빠르고 예리한 판단력을 자랑하며, 위험 앞에서도 물러나지 않는 용기로 곤경에 빠진 월레스를 언제나 구해 줍니다! 사랑하는 친구를 구하기 위해서라면 세상 끝까지라도 달려갈 준비가 되어 있는 그로밋. 집에 돌아오면 언제나처럼 차 한잔도 즐길 줄 아는 아주 멋진 친구랍니다!

착한 노봇

월레스의 엄청난 발명품 중 하나인 노봇은 정원 관리부터 집안일까지 뭐든지 척척 해내는 스마트 노움 로봇입니다.

노봇은 배우는 속도가 빠르고 어떤 일도 마다하지 않지요. 그의 핵심 행동 원칙은 '언제나 선한 마음을 가지고 다른 이들을 돕는 것'입니다.

늘 예의 바르고 쾌활하게 사람들을 도와줍니다. 지시받은 일은 무엇이든 해내고, 쉬지 않아도 지치지 않고 일하다가, 밤에 충전기에 꽂아 두기만 하면, 다음 날 아침에 또 완벽한 상태로 작동한답니다.

나쁜 노봇

어두운 힘에 해킹당하면서 핵심 행동 원칙이 바뀌어 버린 노봇은 완전히 다른 노움 로봇이 되어버립니다.

깜빡거리지 않는 광기 눈빛

어색하게 짓는 오싹한 미소

- 무뚝뚝한 대답
- 끊임없는 감시
- 사악한 목적

나쁜 노봇은 겉으로는 공손하고 상냥해 보이지만, 뒤로는 도시를 혼란에 빠뜨릴 스마트 노움 군단을 만들고 조직하느라 바쁘게 움직입니다. 그로밋이 사악한 노봇을 막지 못한다면 월레스는 자기가 만든 로봇이 파 놓은 위험한 함정에 빠지고 말 거예요!

법을 지키는 수호자들

매킨토시 경감

맥 경감은 오랫동안 현장을 지켜 온 경찰관으로, 조금 부풀려진 면은 있지만 훌륭한 실적을 쌓아 왔습니다. 가끔 상황 판단을 잘 못 할 때도 있지만, 결국에는 정의를 지켜냅니다!

무커지 순경

막 교육을 마친 새내기 경찰로 자신의 능력을 증명하고 싶어 합니다. 똑똑하고 열정적이며 성실한 그녀는 사건을 아주 철저하게 조사합니다.

페더스 맥그로

빨간 고무장갑을 이용해 정체를 숨기는 변장의 달인으로, 사악한 범죄를 저지르며 악명을 떨치고 있습니다. 그는 속내를 드러내지 않고 항상 은밀하게 사악한 범죄를 계획합니다. 매우 치밀하고 음흉하며, 상상 이상으로 영리하기도 합니다. 일단 목표가 정해지면, 그것을 얻기 위해서 수단과 방법을 가리지 않고 달려드는 집요함까지 있답니다.

경찰 공고
현상범 수배

이 닭을 아시나요?
현상금 200만 원

페더스가 벌이는 일의 대부분은 빙산처럼 표면 아래 교묘히 숨겨져 있어 진실을 알아내기 어렵습니다. 그를 얕보지 마세요. 위험에 빠집니다!

동물원

몇 년 전, 블루 다이아몬드를 훔치려던 페더스 맥그로의 계략이 실패로 끝났습니다. 그는 근처 동물원으로 옮겨졌고, 그곳은 악당을 가두기 위한 감옥으로 개조되었지요. 페더스는 펭귄 우리와 연결된 감방에서 지내며, 관람객들을 상대하고 쓰레기를 줍는 벌을 받으며 지내야 했습니다.

경찰과 사육사들은 페더스를 감옥 같은 우리에 가두면 앞으로 나쁜 짓을 벌이지 못할 것이라고 믿었지요. 하지만 이 교활하고 복수심으로 가득 찬 펭귄은 언제나 비장의 수를 숨겨 두고 있습니다! 정확히는, 고무장갑 속에.

POLICE DEPT

FEATHERS McGRAW

HEIGHT 3ft | WEIGHT 12lbs

차 례

Chapter 1

세기의 악당 검거

월레스와 그의 든든한 반려견 그로밋이 사는 웨스트
윌러비 스트리트 62번지에 거센 폭풍우가 몰아치고 있
었다.

번쩍! 번개가 창문을 밝히자, 부엌 의자에 묶여 있는
작고 검은 형체가 드러났다. 검은 형체는 꿈쩍도 하지
않고 가만히 앉아 까만 구슬 같은 눈으로 정면을 뚫어
지게 바라보고 있었다. 섬뜩한 모습이었다. 옆방에서

는 당황한 월레스가 수화기를 집어 들었고, 그로밋은
112를 누르는 주인의 떨리는 손을 지켜봤다.

"여보세요?"

월레스가 말했다.

"경찰서죠? 우리가 방금 도둑을 잡은 것 같아요!"

삐용삐용! 잠시 후 푸른 경광등을 번쩍이는 경찰차
가 월레스의 집 앞에 멈춰 섰다. 수갑을 든 경찰들이 뛰
어 들어와 소름 끼치는 범인을 체포했고 곧장 경찰서
로 싣고 갔다.

경찰차가 떠나자, 월레스와 그로밋은 서로를 바라보았다. 해냈어! 둘이 함께 사악한 악당을 잡은 것이다. 축하할 시간이었다. 늘 그렇듯 따끈한 차로 말이다. 그로밋이 차를 끓였고, 둘은 머그잔을 부딪치며 자축했다.

그런데 그 수상한 악당은 누구였을까? 바로 악명 높은 범죄자, 페더스 맥그로였다! 닭으로 변장해 범죄를 저지른 이 골칫거리 펭귄은 박물관에 전시한 값을 매길 수 없을 만큼 희귀한 블루 다이아몬드를 훔친 뒤 월레스에게 죄를 뒤집어씌우려 했다. 거의 성공할 뻔했지만, 월레스와 그로밋이 한 수 위였다.

둘이 차를 마시는 동안, 페더스는 경찰서에 도착했다. 그는 말없이 열쇠 뭉치, 빗, 줄자, 빨간 고무장갑 등 자신의 물건들을 소지품 보관 상자에 던져 넣었다. 그중 빨간 고무장갑은 페더스의 상징이자 변장 도구였다. 머리에 장갑을 쓰는 것

만으로 펭귄에서 빨간 볏이 달린 닭으로 감쪽같이 변신했다. 이제 그것도 끝이지만.

며칠 후, 범죄 현장에 깃털 하나 남기지 않았던 펭귄이 최종 판결을 듣기 위해 법정에 섰다.

"피고는 블루 다이아몬드를 훔치려 한 혐의로 유죄가 입증되었다."

판사가 엄숙하게 말했다.

"훌륭한 두 시민의 활약이 없었다면, 피고의 사악한 범죄는 성공했을 것이다!"

여기서 두 시민은 당연히 월레스와 그로밋이었다. 모두가 숨죽이고 판사의 선고를 기다렸다.

"이에 본 재판부는 피고에게 종신형을 선고하며 남은 생을 철통같은 보안 시설에 갇혀 지내도록 할 것이다!"

판사가 큰 소리로 외치며 판사봉을 두드렸다. 페더스 맥그로는 경비원들이 그를 법원에서 데리고 나와 새로운 집으로 데려가는 동안 표정 하나 바꾸지 않고 앞만 응시했다.

그런데 그 보안 시설은 감옥이라기에는 너무 이상
했다. 가짜 눈으로 덮인 흰 언덕들이 작은 수영장을 둘
러싸고 있고, '먹이 주는 시간'이라고 적힌 표지판이 있
었다. '맹수 구역'과 '파충류관'을 가리키는 표지판도
있었다. 페더스는 새집의 주변 환경을 주의 깊게 살펴
봤다. 그곳은 동물원이었다. 하지만 평범한 동물원은
아니었다. 문을 비롯한 주위가 굵은 철창으로 둘러싸
여 보안이 철저한 펭귄 전용 우리였다. 잠시 후, 제복을
입은 동물원 직원 두 명이 나타났다.

"넌 여기서 못 나가. 그러니 탈출은 꿈도 꾸지 마!"

첫 번째 사육사가 짓궂게 웃으며 말했다. 페더스는 눈 하나 깜짝하지 않고 그 둘을 바라보았다.

철컹! 사육사들이 펭귄 우리와 이어지는 감옥에 페더스를 넣고 문을 쾅 닫았다. 사육사들은 오싹한 펭귄의 시선에서 벗어나자 안도감을 느꼈다. 페더스 맥그로는 평생 갇혀 살아야 했고, 절대, 이곳을 벗어날 수 없는 자신의 운명을 홀로 곱씹었다.

페더스는 새로운 환경에 적응하는 동안 사육사들과 아무런 문제도 일으키지 않았다. 동물원의 규칙적인 생활에 익숙해졌고, 매일 체력을 유지하기 위해 펭귄 턱걸이를 했다. 하지만 그동안에도 이 음흉한 새는 감방 벽에 붙여 놓은 신문 기사를 응시했다.

"다이아몬드 영웅들, 도둑 검거 성공!"이라는 머리 기사 아래에는 환하게 웃으며 페더스 검거를 축하하는

월레스와 그로밋의 사진이 실려 있었다.

　페더스는 자신의 치밀한 계획을 망친 남자와 개를 뚫어지게 바라보았다. 그는 서두르지 않았다. 적당한 때를 기다렸다. 그러나 언젠가 반드시 자신을 감옥에 보낸 그 둘에게 복수할 것이다. 그것만은 확실했다.

Chapter 2

발명품이 너무 많아

몇 년이 지난 어느 날 아침, 웨스트 월러비 스트리트 62번지에도 새로운 하루가 밝아 오고 있었다.

따르르르릉! 그로밋의 자명종 시계가 울렸다. 차악! 침실 커튼이 열리며 햇살이 그로밋의 얼굴을 환히 비췄다. 그로밋은 졸린 눈을 살짝 떴다가 이내 이불을 뒤집어쓰고 다시 자 보려고 했다.

하지만 오래가지는 못했다. 월레스의 작품인 또 다

른 기상 장치가 작동했다. 쑤우욱! 이번에는 삑삑거리는 진공 튜브가 그로밋의 머리를 빨아들여 온몸을 들어 올리더니 준비된 슬리퍼 위에 툭 내려 줬다. 잠이 완전히 달아났다!

그로밋은 하품을 하고 귀를 털고 나서 아침에 마실 차를 준비했다. 컵 보관대에서 머그잔을 하나 꺼내, 월레스의 발명품인 호로록 차 제조기(자동 차 제조 장치)에 밀어 넣었다. 뜨거운 물이 콸콸 쏟아져 나와 순식간에 잔을 가득 채웠다.

하지만 웨스트 월러비 스트리트 62번지에서는 일이 간단하게 끝나는 법이 없었다. 그로밋이 차를 마시려고 머그잔을 들자 기계 팔이 끼어들더니 숟가락으로 그로밋이 차를 저으려 했다. 그로밋이 간신히 한 모금 들이켜자, 이번에는 청소 로봇이 우웅하며 달려와 잽싸게 머그잔을 낚아채 갔다. 그로밋은 질렸다는 듯 고개를 절레절레 흔들고는 지나치게 열정적인 장치들로부터 멀찍이 물러났다.

지지징! 그 순간, 벽에 걸린 월레스의 사진이 윙윙

소리를 내며 살아 움직이기 시작했다. 사진 속 월레스의 눈이 반짝거리더니 옆에 달린 기계 팔이 그로밋을 향해 손을 흔들었다.

"나 좀 일으켜 줘, 그로밋!"

월레스가 해맑게 말했다.

"멋진 발명가의 하루가 또 시작된다고!"

충직한 그로밋은 부엌으로 가서 슈퍼 기상 도우미의 손잡이를 당겼다. 월레스가 개선해 온 발명품들은 이제 훨씬 강력해졌다.

"역시 넌 최고의 강아지야!"

사진 속 월레스가 활짝 웃으며 말했다. 슈퍼 기상 도우미는 매일 아침 그렇듯이 작동을 시작했다.

월레스의 침대가 휙 솟아올라, 그를 바닥에 난 구멍으로 내려보냈다.

"출발!"

월레스가 신나게 외쳤다. 이내 "오우!" 하는 소리와 함께 그의 잠옷이 휙 벗겨졌고, 곧장 거품이 풍성한 따뜻한 욕조에 풍덩! 빠뜨렸다.

"와우, 기분 좋은데!"

월레스가 거품 속에 몸을 담그며 흐뭇하게 말했다.

그로밋은 장치 다이얼을 담그기에서 문지르기로 돌렸다. 여러 개의 스펀지가 달린 회전 장치가 나타나 월레스를 구석구석 씻겨 주기 시작했다.

"오호호! 하하! 간지러워!"

월레스는 빙글빙글 도는 스펀지들이 몸에 닿을 때마다 깔깔 웃었다. 목욕이 끝나자 알몸의 월레스는 집 바깥에 연결된 커다랗고 투명한 튜브 속으로 던져졌다.

"야호!"

월레스는 튜브를 쌩 통과하며 소리쳤다. 뽀득뽀득 씻은 발그레한 얼굴이 반짝거렸다.

쓰레기봉투를 버리려고 막 밖에 나온 그로밋은 얼른 눈을 가렸다. 다행히 월레스는 곧장 집 안으로 들어왔다. 이제 자동 옷 입기 장치 차례였다. 월레스를 낚아채서 공중에 걸려 있는 바지 속으로 쑥 집어넣었다. 바로 여러 개의 기계 팔이 튀어나와 셔츠를 입히고 헬멧을 푹 눌러 씌웠다.

월레스가 넥타이를 가다듬으려던 찰나, 뽀잉! "점프 발사기"라고 적힌 망치가 그를 식탁 쪽으로 튕겨 올렸고 머리에 쓴 헬멧이 종에 부딪쳤다. 띵! "좋은 아침"이라고 적힌 팻말에 환한 불이 들어왔다. 월레스는 쿵하며 의자위로 떨어지며 앉았다.

그로밋은 이미 식탁에 앉아 있었다. 차와 우편물도 벌써 준비되어 있었다. 기계 팔이 튀어나와 헬멧을 벗겨 갔다.

"안녕, 그로밋!"

월레스가 쾌활하게 인사했다.

"예쁜 내 강아지, 좋은 꿈 꿨니?"

그로밋은 눈을 동그랗게 뜨고 월레스에게 〈발명의 달인〉 최신 호를 건넸다.

"역시 날 챙겨 주는 건 너뿐이야."

월레스가 가장 좋아하는 잡지를 받으며 고마움을 담아 말했다.

그로밋이 갑자기 선글라스를 꺼내 들더니 얼른 썼다. 위잉! 하는 잼 발사기의 작동 소리가 들렸기 때문이다. 딸기잼, 포도잼, 땅콩버터가 덩어리째 식탁을 가로질러 날아왔지만, 토스트에 명중한 건 얼마 되지 않았다. 그로밋은 입을 앙다물고 선글라스에 묻은 끈적끈적한 파편들을 닦아 냈다. 월레스가 입을 벌리자 자동 식사 장치가 잼과 버터를 잔뜩 바른 토스트를 쏙 넣어 주었다.

"으음."

월레스가 우물거리며 말했다.

"그로밋, 토스트가 끝내주게 맛있어!"

그가 〈발명의 달인〉을 휙휙 넘기며 보는 동안 그로밋은 잔뜩 쌓인 우편물을 정리했다. 대부분이 빨간색 경고 도장이 찍힌 봉투였다. '요금 미납', '연체', '최후 통보', '미납 시 불이익 발생 예정!'

상황을 눈치챈 월레스가 말했다.

"어휴, 또 청구서구나? 발명이 돈이 많이 들기는 하지, 그렇지 않아?"

그는 잠시 생각에 잠겼다.

"아니면 내가 발명을 너무 많이 하는 건가?"

월레스는 잡지를 내려놓고 짜증 내듯 몸을 터는 그로밋을 바라보았다. 그로밋은 다른 아침 식사 기계가 머리 위로 우유를 쏟아부은 덕분에 우유로 샤워를 하다시피 했다.

"걱정하지 마, 친구. 우린 방법을 찾아낼 거야."

월레스가 달래듯이 말하며 그로밋에게 손짓을 했다.

"우리 강아지 힘내라고 좀 쓰다듬어 줘야겠어, 이리와 봐."

월레스의 다정한 손길을 매우 좋아하는 그로밋은 귀를 쫑긋거리며 기대에 찬 얼굴로 다가갔다. 그런데 기대와는 달리 월레스는 처음 보는 버튼을 눌렀다.

"널 위해 자동 토닥이를 발명했단다!"

그가 최신 발명품을 쳐다보며 말했다. 기계손이 불쑥 튀어나와 어설프게 머리를 툭툭 쳤다. 깜짝 놀란 그로밋은 눈을 깜빡이며 얼굴을 찌푸렸다. 따뜻한 사람의 손길과 전혀 달랐다.

하지만 월레스는 매우 만족스러운 표정을 지으며 의자에서 벌떡 일어나 눈을 반짝이며 말했다.

"이미 특허도 신청해 놨어, 공식 토닥이가 될 거라고!"

대머리 발명가는 지하실로 내려가며 "지금 내가 만들고 있는 발명품을 보면 깜짝 놀랄걸?"이라고 덧붙였다. 그로밋은 자동 토닥이를 보며 한숨을 내쉬었다. 월레스가 또 뭘 만들고 있을까?

Chapter 3

안녕, 노봇!

정신없는 아침을 보낸 그로밋에게는 조용하고 평화로운 시간이 필요했다. 그는 정원 손질에 필요한 도구들을 챙겨 자신의 작은 낙원인 웨스트 월러비 스트리트 62번지의 뒷마당으로 향했다. 그로밋은 꽃이 만발하고, 새가 지저귀며 벌이 윙윙거리는 소리가 들리는 이곳을 사랑했다. 작은 모종삽을 손에 쥐고 새 묘목을 심었다. 그로밋이 편안하게 숨을 내쉬었다. 발명품이

하나도 없는 평화로운 장소.

하지만 그 행복은 오래가지 않았다. 뒤편에서 수레 끄는 소리가 들렸다. 그르륵! 그르륵! 놀란 그로밋이 뒤를 돌아보자, 커다랗고 무거워 보이는 상자를 싣고 오는 월레스가 보였다.

"휴!"

그는 그로밋 앞에 멈춰 서서 이마의 땀을 닦으며 말

했다.

"그로밋, 네가 이 정원을 관리하느라 얼마나 고생하는지 내가 모른다고 생각했지? 자, 이제 고생 끝!"

그로밋이 불안한 눈빛으로 나무 상자를 쳐다봤다. 쩌억! 큰 소리와 함께 상자 앞부분이 떨어져 나갔다. 깜짝 놀란 그로밋이 제자리에서 펄쩍 뛰었다가 조심스럽게 상자 안을 들여다봤다.

어디서 본 듯한 녹색 재킷과 커다랗고 빨간 고깔모자, 장식품으로 자주 쓰는 정원 노움(요정, 꼬마)이었다! 그동안 월레스의 독특한 발명품을 다 경험한 그로밋이지만, 이런 건 처음이었다.

"짜잔! 이게 바로 내 최신 발명품이야!"

월레스가 자랑스럽게 말했다.

"스마트 노움이지!"

스마트 노움이 상자에서 걸어 나와 말했다.

"안녕하세요, 만능 일꾼 노움 로봇입니다. 노봇이라고 불러 주세요."

"노봇, 그로밋과 인사해."

월레스가 말했다.

"만나서 반가워요, 그로밋 주인님!"

노봇이 손을 내밀며 말했다. 그로밋이 조심스럽게 노봇의 손에 앞발을 올리자, 노봇은 그로밋의 온몸이 위아래로 들썩일 정도로 세차게 손을 흔들었다. 잠시 어색한 침묵이 흘렀다.

"자, 이제 작동시켜 보자."

월레스가 그로밋을 보며 말했다.

"간단한 일부터 시켜 봐. 그냥 말하면 돼. 음성 인식 기능이 있거든!"

그로밋의 표정은 시큰둥했지만, 월레스는 눈치채지 못했다.

"쑥스러운 거야?"

그로밋을 바라보던 월레스가 노봇을 향해 몸을 돌리고 말했다.

"좋아 노봇, 그로밋의 정원을 깔끔하게 정리해."

"깔끔하게 정리하기."

노봇이 대답했다.

"네, 월레스 씨!"

노봇은 노봇 캠으로 정원 전체를 빠르게 훑어본 뒤 그로밋의 창고로 향했다.

"널 위해 프로그램도 미리 입력해 뒀지!"

월레스가 말했다.

"(유튜브로) 정원 가꾸기 영상을 하나도 빼놓지 않고 다 보게 했어!"

노봇이 창고에서 정원 가위를 들고나왔다.

"노봇 하이, 노하! 지금부터 정원을 한번 정리해 볼 게요!"

노봇의 어딘가 익숙한 말투만 들어도 어떤 영상을 얼마나 많이 봤는지 짐작이 됐다. 월레스는 그런 노봇을 바라보며 흐뭇한 미소를 지었다.

"앞으로 지루한 정원 일은 노봇에게 시키고 우린 지 켜보기만 하면 돼!"

노봇은 순식간에 잔디를 깎고, 튀어나온 가지를 자

르며 나무를 다듬더니, 어느새
잡초까지 제거하고 있었다. 갑자
기 그로밋이 화들짝 놀라며
껑충 뛰어올랐다. 노봇이
그의 정원용 장화의 앞부분
을 싹둑 잘라 버린 것이다. 휘웅!
노움은 곧바로 송풍기로 낙엽 청소를
시작했는데, 강력한 바람이 그로밋
을 향하자 두 발이 둥둥 뜨고
낙엽이 이리저리 휘날리
며 그의 얼굴을 따갑게 때
렸다.

"싹둑, 싹둑, 싹둑."

노봇은 끊임없이 떠들며 바쁘게 움직였다.

"잔디를 깔끔하게! 바짝 깎아 깔끔하게! 잔디 깎기
작동! 낙엽 제거 필요! 송풍기 작동! 마무리 한 번 더
깎기!"

노봇은 말을 끝내기가 무섭게 그로밋이 조금 전 심

은 작고 소중한 새 묘목을 잘라 버렸다.

"깔끔하게 정리하기 완료!"

노봇이 당당하게 말했다.

한때 무성한 꽃과 나무로 가득했던 정원이 노봇의 냉혹한 가위질에 모두 기하학적인 녹색 도형으로 변해 버렸다. 그로밋은 충격에 빠졌다.

그런데 느닷없이 박수갈채가 들렸다. 뒤를 돌아보니

울타리 밖에 사람들이 잔뜩 모여 있었다. 노봇에게 환호하는 사람들도 있었다! 이웃들과 지나가던 사람들이 노봇의 번개처럼 빠른 정원 작업을 구경하고 있던 것이다. 심지어, 아예 주차해 놓고 노봇의 작업을 지켜본 트럭 운전사도 있었다.

"대단한 로봇이야!"

"굉장한 솜씨예요!"

칭찬 소리가 여기저기서 들려왔다. 월레스는 노봇의 인기에 크게 기뻐했다.

"잘했어 노봇, 합격이야!"

그가 말했다.

"자, 멋지게 인사해 볼까?"

노봇이 허리를 굽혀 사람들에게 인사하자, 웃음과 박수 소리가 더 커졌다. 그중 누군가는 노봇이 대회 1등이라도 한 것처럼 꽃을 던지기도 했는데, 그 꽃들은 노봇이 방금 베어 내기 직전까지 그로밋이 가꿨던 소중한 꽃들이었다!

"저 로봇을 어디서 구한 거예요?"

이웃인 윈드폴 씨가 외쳤다.

"어, 사실 제 발명품이에요."

월레스가 조금 쑥스러운 듯 말했다.

"대단하네요, 혹시 빌려주기도 하나요?"

윈드폴 부인이 물었다.

"빌려주기도 하냐고?"

월레스는 생각에 잠겨 같은 말을 중얼거리다가 좋은 아이디어를 떠올렸다. 그가 신나게 손짓하며 외쳤다.

"어서 와 봐. 네 도움이 필요해!"

그로밋이 한 발짝 다가섰다.

"아니, 너 말고 쟤."

월레스가 답답하다는 듯 말했다.

"노봇 말이야!"

"네, 월레스 씨."

노봇이 월레스에게 다가오며 대답했다.

"가자, 노봇, 우리가 함께해야 할 일이 생겼어."

월레스가 말했다. 둘은 서둘러 자리를 떠났고 그로밋은 멍하니 홀로 남겨졌다. 쓸쓸한 마음에 정원용 밀

짚모자를 눌러쓰던 그는 이내 얼굴을 찌푸렸다. 노봇이 모자까지 네모나게 다듬었을 줄이야.

　이 정원 노움, 기분 나빠!

Chapter 4

블루 다이아몬드가
돌아왔다!

경찰서의 매킨토시 경감은 사무실에 앉아 가장 사랑하는 존재의 사진을 들여다보고 있었다.

"우리가 함께할 수 없는 게 범죄야."

그는 아름다움에 취한 듯 애절하게 말하고는, 사랑을 듬뿍 담아 사진에 입을 맞춘 후 책상에 내려놓았다.

"조금만 더 기다리면 돼, 내 보물. 이제 정말 얼마 안 남았어!"

그가 속삭였다.

사진 속 주인공은 운하에 떠 있는 던 니킨이라는 이름의 유람선이었다. 그때 노크 소리가 울렸고, 경감의 애정 표현도 끝이 났다.

"들어가도 될까요, 경감님?"

열정 가득한 젊은 신입 경찰, 무커지 순경이었다. 그녀는 서류 더미를 들고 사무실로 성큼성큼 들어와 "방금 자전거 안장 도난 사건에 대한 수사를 마쳤어요"라고는 서류를 책상 위에 쾅 내려놓았다. 경감이 깜짝 놀랐다.

"목격자 진술서, 범죄 현장 보고서, 과학 수사 결과까지 완벽하게 다 챙겼습니다!"

그녀가 잔뜩 들뜬 목소리로 말했다.

"무커지."

경감이 그녀의 말을 끊어 보려고 했지만, 무커지 순경은 눈을 반짝이며 말을 이어 갔다.

"그리고 국가 자전거 안장 정보 관리 시스템도 확인해 봤는데요, 똑같은 건 없더라고요."

"무커지!"

경감이 서류 더미를 옆으로 밀며 소리쳤다.

"자네가 여기 온 지 얼마나 됐지?"

"오늘 아침 9시부터입니다, 경감님."

무커지가 차렷 자세로 말했다.

"흠."

경감이 말했다.

"무커지, 경찰 학교에서 배운 건 중요하지 않아. 우리 일에서 가장 중요한 건 딱 하나거든. 경찰은 본능적 감각이 가장 중요하다고."

경감은 어리둥절한 무커지 주변을 서성거리더니, "바로 직감!" 하며 갑자기 단호하게 외쳤다.

"중요한 건 여기가 아니야."

그가 머리를 톡톡 치며 말했다.

"그 아래, 여기에 있다고."

이번에는 자신의 배를 자랑스럽게 두드렸다.

"사실 나도 직감이 뛰어난 편이지."

"네? 아, 직감이 정말 크네요."

무커지가 경감의 불룩한 배를 보며 말했다.

"아니, 그게 배가 아니라."

그녀가 재빨리 화제를 돌렸다.

"저기, 혹시 페더스 맥그로인가요?"

그녀가 물었다.

"뭐라고? 누구? 어디?"

경감이 깜짝 놀라 황급히 소리쳤다가 무커지가 벽에
붙은 오래된 수배지를 보고 있다는 것을 깨닫고는 가
슴을 쓸어내렸다.

"아, 저 페더스 말이군."

둘은 악명 높은 펭귄을 말없이 바라보았다. 수배지

에는 그의 상징인 붉은 고무장갑을 머리에 쓴 변장한
모습의 사진과 함께 "이 닭을 아시나요?"라는 문구가
적혀 있었다.

"그래! 이 사건이야말로 경찰의 직감으로 해결한 사
건이지!"

경감이 말했다.

"나는 처음부터 수상한 낌새를 눈치챘지."

"블루 다이아몬드를 훔쳤죠?"

무커지가 물었다.

"거의 성공할 뻔했지. 하지만 결국 법망을 피해 가진

못했어.”

　경감은 페더스 맥그로가 체포되던 날, 그러니까 자신이 무커지처럼 일개 순경이었던 때를 떠올리며 말했다.

"그래, 나도 내 역할을 했지."

어떻게 잊을 수 있을까? 그날 밤 페더스를 잡았다는 월레스의 신고 전화를 받은 사람이 바로 매킨토시 경감이었다. 페더스가 제포된 후, 매킨토시 경감은 자신

에게 쏟아진 세상의 관심을 기쁜 마음으로 누렸다. 찬사가 이어졌고, 방송국과 인터뷰도 했으며 신문에 사진이 실리기도 했다. 야심에 차서 최고의 경찰이 되겠다고 다짐했던 시절이었다. 지금은 은퇴를 앞둔 경감이 되었지만.

"블루 다이아몬드는 결국 박물관 금고로 돌아갔지."

경감이 말했다.

"위험할 일 없도록 내 손으로 직접 안전한 금고에 넣었어."

무커지 순경이 감탄했다.

"와, 저도 그런 사건을 해결해 보고 싶어요."

그녀가 말했다.

"경감님은 정말 자랑스럽겠어요!"

"자랑이라니, 무커지."

경감이 말했다.

"책임감 있는 경찰이라면 당연히 해야 할 일이지. 그런 의미에서 경찰 배지를 내려놓기 전에 마지막으로 중요한 임무를 하나 맡았어."

매킨토시 경감은 책상 위의 던 니킨 사진을 옆으로 치우고 도면을 펼쳤다.

"블루 다이아몬드 전시회를 새로 열기로 했어!"

경감의 발표에 무커지의 입이 쩍 벌어졌다.

"다이아몬드를 다시 전시한다고요?"

그녀가 놀란 표정으로 되물었다.

"맞아, 모든 보안 시설을 내가 직접 설계했지. 아주 완벽하게!"

그가 말했다. 무커지는 설계도를 자세히 들여다보았다.

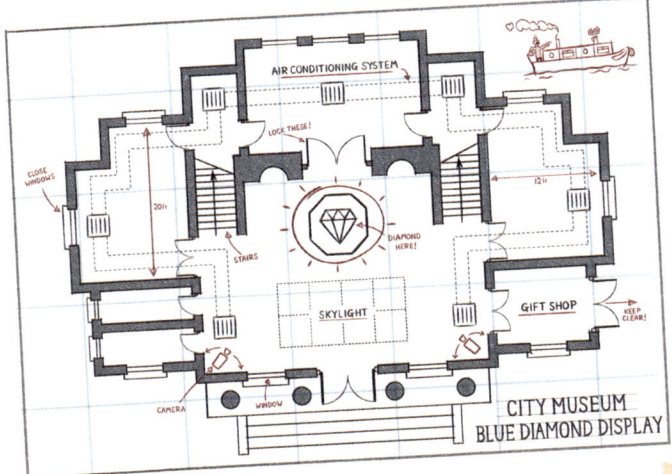

"으음."

그녀는 설계도를 꼼꼼히 살피며 말했다.

"그런데 이쪽 지붕 창문에 구멍을 내서 페더스가 들어오면 어떡하죠?"

"지붕 창문?"

경감이 당황하며 말했다.

"아니면, 에어컨 뒤쪽 벽을 뚫어도 되겠는데요?"

무커지가 이어서 말했다.

"아, 여기 이 기념품 가게를 통해 들어올 수도 있겠어요."

"뭐? 기념품 가게가 있어?"

당황한 경감은 마땅한 답이 떠오르지 않았고, 이 매의 눈 무커지가 빈틈을 더 찾지 못하도록 도면을 낚아채 둘둘 말며 말했다.

"페더스가 여길 어떻게 들어와."

경감이 짜증을 내며 말했다.

"동물원에 갇혀서 꼼짝 못 하는 거 알잖아! 말 그대로 새장 신세라고! 됐어, 이제 순찰 좀 해. 우리 동네나

꼼꼼히 살피라고!"

"알겠습니다!"

무커지는 활짝 웃으며 우렁차게 대답하다가 경감의 표정을 보고 흠칫했다.

"그게 그러니까, 경감님 말씀이 맞다고요. 순찰이 중요하죠."

경감은 서둘러 그녀를 사무실에서 내보내고는 "에헴!" 하고 헛기침을 하며 문을 쾅 닫았다.

Chapter 5

최고의 일꾼
노봇

노봇은 무척 바쁜 하루를 보냈다. 지금은
사다리 위에 올라가 새로 산 작은 버스에 붓
으로 홍보 문구를 쓰고 있었다. 월
레스가 시킨 수많은 일을 그새 다
해치우고 마지막 작업을 하는 중이
었다.

"잘하고 있어, 노봇!"

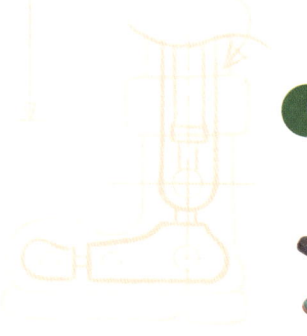

월레스가 말했다.

"글자는 크고 선명하게 써야 한다."

무슨 일이 벌어지고 있는지 짐작조차 안 되는 그로밋은 한쪽에 서서 어리둥절한 표정으로 상황을 지켜보고 있었다. 이윽고 노봇이 붓질을 멈추고 한 걸음 물러나 완성된 작품을 공개했다.

"만능 일꾼 노움 - 작지만 큰 능력."

"짜잔!" 하고 월레스가 외치자, "짜잔!" 하고 노봇이 따라 외쳤다.

"멋지지, 그로밋?"

월레스가 들뜬 목소리로 말했다.

"일꾼 출장 서비스야. 노움들이 정원 관리부터 집수리까지 다 해 주는 거지. 돈을 벌 방법을 찾을 거라고 했잖아, 친구."

그로밋의 표정이 밝아졌다. 새로운 사업? 이제 독촉장 걱정에서 벗어나는 건가?

버스를 유심히 보던 월레스가 말했다.

"노봇, 뭔가 빠진 것 같지 않아?"

그러자 노봇이 곧장 추가 문구를 그려 넣었다. 그가
작업을 마치고 물러서자 문구가 "월레스와 만능 일꾼
노웁"으로 바뀌어 있었다.

"그렇지, 노봇, 잘했어!"

월레스가 활짝 웃으며 말했다. 하지만 노봇이 등장
한 후로 줄곧 소외감을 느꼈던 그로밋의 얼굴은 더 어

두워졌다. 이때, 빵! 빵! 트럭 한 대가 경적을 울리며 멈춰 섰다. 지역 방송사 업 노스 뉴스였다. 문이 열리더니 지역 방송국의 취재 기자 오냐 도스텝이 뛰어내렸고 그 뒤를 카메라맨이 바짝 붙어 따라 내렸다.

"오우, 이거 아주 좋은 홍보 기회인걸."

월레스가 들뜬 목소리로 말하며 넥타이를 고쳐 맸다.

"넌 능력을 보여 주는 것만 신경 써 말은 내가 다 할 테니까!"

월레스가 종종걸음으로 오냐를 맞이하러 갔다.

"말은 주인님만! 알겠습니다, 월레스 씨."

노봇은 월레스를 따라 넥타이를 가다듬은 뒤 페인트 묻은 걸레를 휙 던져 버리고 그를 따라갔다. 그 걸레는 하필 그로밋의 얼굴에 철썩 붙었다.

그로밋은 걸레를 바닥에 집어 던지고 멀어지는 노봇의 뒷모습을 노려봤다.

그날 저녁, 월레스와 노봇은 푹신한 소파에 앉아 편히 쉬고 있었다. 그로밋이 멀리 떨어져 혼자 앉아 있

었지만 월레스는 신경 쓰지 않았다. 저녁 뉴스 시간이
되자 잔뜩 신이 난 월레스가 텔레비전을 켰다. 스튜디
오에서 진행자인 안톤 덱이 뉴스 방송을 시작하고 있
었다.

"좋은 저녁입니다."

안톤이 활짝 웃으며 말했다.

"최첨단 기술 이야기는 자주 들어 보셨을 겁니다. 그

런데 최절단 기술은 들어 보셨나요? 하하! 오냐 도스텝 기자 나와 주세요!"

화면이 바뀌고, 오냐 도스텝이 "만능 일꾼 노움"이라는 문구가 그려진 작은 버스 옆에 노봇과 나란히 서 있었다.

"오늘은 노봇을 소개해 드리겠습니다. 최첨단 도우미 로봇인 노움은 우리 지역의 뛰어난 발명가가 만든

최신 발명품입니다."

그녀가 말했다.

"뛰어난 발명가라니!"

소파에 앉은 월레스가 흐뭇한 미소를 지으며 말했다.

"좋게 봐주셔서 감사합니다!"

카메라가 월레스를 비추기 시작하자, 다소 긴장한 듯한 그의 얼굴이 화면을 가득 채웠다.

"그럼, 월레스 씨."

오냐가 마이크를 건네며 물었다.

"노봇은 어떤 일을 할 수 있나요?"

"어, 뭐랄까요. 거의 모든 일을 할 수 있답니다, 도스텝 씨."

방송 출연이 익숙하지 않은 월레스가 어색하게 말했다.

"작은 일에도 최선을 다합니다!"

노봇이 말했다. 그는 순식간에 커다란 덤불을 멋진 모습으로 다듬어 솜씨를 뽐냈다. 곁에 있던 그로밋은

못마땅한 표정으로 머리에 떨어진 잎사귀를 툭툭 털어
냈다.

　"시험 삼아 우리 집 정원 일을 시켜 봤는데, 보시다

시피 아주 멋지게 해냈답니다."

월레스가 잔디밭을 가리키며 말했다.

"노봇이 있으면 정말 편리하겠는데요!"

오냐가 말했다.

"그런데 이렇게 다재다능한 로봇을 만들게 된 계기는 뭔가요, 월레스 씨?"

"아, 전 항상 발명이 너무 좋았어요. 제 발명품으로 사람들을 돕는 게 꿈이었죠. 지금까지 만든 발명품 중에 노봇이 최고라고 생각해요. 이 친구는 밤에 충전해 주면 다음 날 또 힘차게 일하거든요!"

"어머, 노봇은 성실하기까지 하군요."

오냐가 말했다.

"네! 어떤 골칫거리든 노봇이 해결한답니다."

월레스는 이제 긴장이 완전히 풀린 듯 능숙하게 대답했다.

"이 작은 노움이 큰 변화를 일으킬지도 모르겠네요. 앞으로 기대하겠습니다!"

오냐가 말했다. 그녀는 카메라를 바라보고 인터뷰를

마무리했다.

"이상 업 노스 뉴스의 오냐 도스텝이었습니다."

월레스는 소파에 앉아 기쁨의 환호성을 질렀다.

"인공지능이 답이야, 그로밋!"

월레스가 호로록 차 제조기를 작동시키려고 일어서
며 말했다.

"최첨단 기술이 우리 삶을 더 편리하게 만들 거야!"

월레스를 위해 양말을 뜨개질하고 있는 그로밋은 고개조차 들지 않았다.

"이 기특한 발명품만 해도 그래, 덕분에 몇 년 전부터 번거로운 옛날 찻주전자를 안 쓰게 됐잖아."

기계가 차를 따르고 휘저은 뒤 숟가락을 컵에 톡톡 두드리는 과정을 월레스가 흐뭇하게 바라보는 동안, 그로밋은 선반 위에 놓인 오래된 먼지 쌓인 주전자를 슬픈 눈으로 바라보았다.

"최첨단 기술이 최고야."

월레스가 고개를 끄덕이며 말했다.

"물론 우리 명령을 잘 따르는 게 제일 중요하지만."

그때 그로밋은 갑자기 뜨개실이 휙 당겨지는 걸 느꼈다. 고개를 들어 보니, 노봇이 그로밋의 실로 뜨개질을 하고 있었다. 바늘 두 개가 격렬하게 부딪치며 딱딱거리고 털실 뭉치는 정신없이 풀리고 있었다. 노움은 몇 초 만에 바지와 셔츠, 조끼까지 하나로 이어진 점프슈트를 완성해 냈다. 그로밋의 실을 전부 다 써서 말이다.

"짜잔!"

노봇이 뜨개질한 옷을 월레스에게 건네며 말했다.

"세상에 월레스 전용 점프슈트네!"

월레스가 새 옷을 자기 몸에 대어 보며 말했다.

"마음에 쏙 들어, 노봇. 최고의 옷이야!"

그로밋은 반쯤 뜬 양말을 내려놓고 얼굴을 찌푸렸다. 노봇의 영역 침범이 점점 심해지고 있어!

Chapter 6

뉴스에 등장한
노봇

　펭귄 우리에 갇혀 있는 페더스 맥그로도 같은 뉴스를 보고 있었다. 그는 감방 문 위쪽의 먹이를 받는 틈으로 반짝이는 정어리 통조림을 내밀어 사육사들이 틀어 놓은 TV를 반사시켰다. 통조림에 비친 장면은 그의 흥미를 끌기 충분했다.

　페더스는 자신을 감옥에 보내 버린 셔츠와 조끼 차림의 꼴 보기 싫은 대머리 월레스를 단박에 알아봤다.

그런데 이상하게도 그의 네 발 달린 단짝은 보이지 않고 노봇이라는 노움 로봇이 그 자리를 대신하고 있었다.

절호의 기회가 찾아왔음을 깨딜은 페더스의 사악한 머리가 팽팽 돌아가기 시작했다. 하지만 이내 들려온 짤랑거리는 열쇠 부딪치는 소리에 생각을 멈춰야 했다. 사육사들의 야간 점검 시간이었다. 페더스는

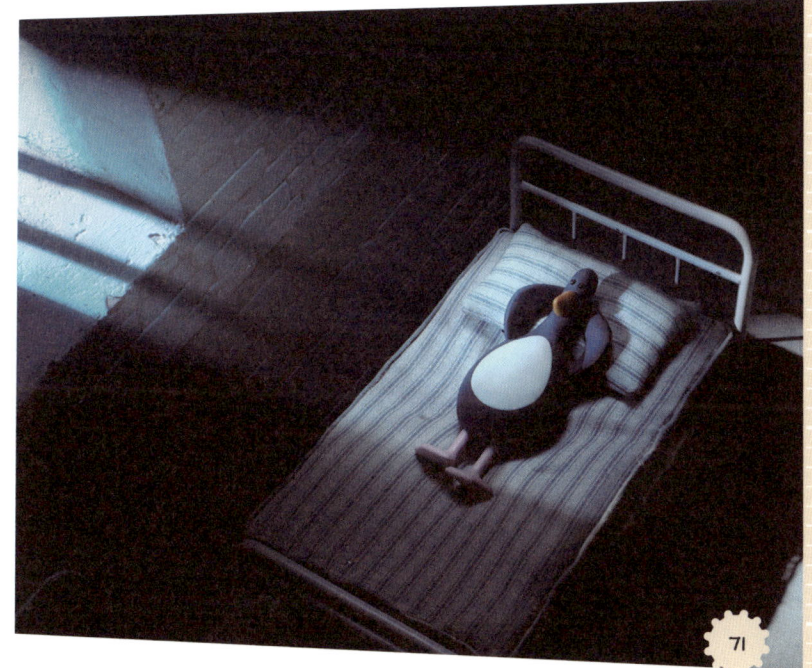

TV를 비추던 정어리 통조림 거울을 재빨리 빼내어 숨겼다.

"뒤로 물러서, 이 도둑 펭귄아!"

거친 목소리가 들렸다. 페더스는 침대에 조용히 앉았고, 두 명의 사육사가 들어와 그의 방을 점검했다. 그들 중 한 명은 허리춤에 빨간 고무장갑 한 켤레를 끼우고 있었는데, 그것을 본 페더스의 작은 눈이 번뜩였다. 다만 늘 그랬듯, 모든 걸 보고도 아무 일도 없다는 듯 내색하지 않았다.

"이상 없음!"

사육사들이 문을 쾅 닫으며 크게 말했다.

"대체 왜 사람들이 저 녀석 보고 똑똑하다고 하는지 모르겠다니까."

복도로 사라지는 두 사육사 중 한 명이 말했다.

잠시 후 꼼짝하지 않고 앉아 있던 페더스가 방금 사육사에게서 훔친 빨간 고무장갑 한 짝을 손에 쥐고 쳐다봤다. 페더스는 의미심장한 얼굴로 장갑을 쭉 늘렸다가 놓았다. 탁! 하는 소리와 함께 고무장갑이 원래 상태로 돌아갔다.

페더스가 다시 움직이기 시작했다.

어둠이 내린 웨스트 윌러비 스트리트 62번지 식구들은 여느 때처럼 코코아 한 잔으로 하루를 마무리했다. 내내 노봇에게 시달린 그로밋은 혼자만의 시간이 간절했다. 그는 침대에 누워 라디오를 켜고 느긋하게 책을 펼쳤다. 잔잔한 음악이 방을 가득 채웠다. 그래서인지 침실 문이 끼익 열리고 타박타박 다가오는 발소리를 알아차리지 못했다.

"좋은 꿈 꾸세요, 그로밋 주인님!"

익숙한 목소리가 들렸다. 고개를 든 그로밋이 신음했다. 또 노봇이라니! 그때 잔잔한 음악이 뚝 멈췄다.

어라? 그로밋이 라디오 쪽으로 고개를 돌리자 바닥에 나뒹굴고 있는 플러그가 보였다. 노봇이 라디오 전원 코드를 뽑고 자신의 충전기를 꽂은 것이다!

"노봇 충전 시간입니다!"

노봇이 외쳤다. 노봇이 충전을 시작하자 웅웅거리는 시끄러운 소리가 방 안 가득 울려 퍼졌다. 참기 힘든 짜

증이 밀려왔다. 또 혼자만의 평화로운 시간을 방해받은 그로밋은 몹시 언짢았다. 그는 책을 탁 덮고 노봇을 노려본 뒤 불을 끄고 이불 속으로 들어가 잠에 들려 애썼다.

그런데 몇 초 후, 딸칵! 노봇의 두 눈이 어둠 속에서 손전등처럼 번쩍 밝게 빛났다. 방 안을 환하게 밝히는 노봇의 눈빛 때문에 그로밋은 이리저리 뒤척이며 잠을 이루지 못했다. 거기다 웅웅거리는 소음도 여전히 그의 귀를 괴롭히고 있었다.

"충전 상태 약 1퍼센트!"

노봇이 우렁차게 말했다. 더는 못 참아! 결국 그로밋은 폭발해 버리고 말았다. 침대에서 벌떡 일어나 시끄러운 노움을 번쩍 들어 올리고 침실에서 가장 먼 곳으로 향했다. 계단을 통해 지하실에 들어선 그로밋은 노봇을 충전할 곳을 찾았다. 하지만 이미 콘센트에는 월레스의 온갖 발명품이 가득 연결되어 있었다. 그때 충전 포트가 있는 월레스의 컴퓨터가 눈에 들어왔다. 그로밋은 컴퓨터 옆면에 충전기를 꽂았다.

"충전이 다시 시작됩니다!"

노봇이 말했다. 그로밋은 그를 내버려두고 쿵쿵거리며 계단을 올라갔다.

"충전 상태 약 2퍼센트!"

아래에서 노봇의 목소리가 들렸다. 그로밋은 지하실 문을 쾅 닫고 방으로 씩씩대며 갔다. 이제 좀 잘 수 있겠어!

Chapter 7

무자비한 해커
(어둠 속의 키보드)

뉴스에서 월레스와 스마트 노움을 본 순간, 페더스의 머릿속은 쉴 새 없이 돌아갔고 오래 지나지 않아 정교한 계획을 완성해 냈다. 지금껏 꾸민 음모 중 가장 간사하고 악랄한 계략이었다!

이 사악한 펭귄은 몇 달 동안 치밀하게 모은 잡동사니들을 나무 상자에 쏟아 낸 뒤, 촛불을 켜고 작업을 시작했다. 막대사탕, 병뚜껑, 고무줄, 낡은 줄넘기를 이용해 기발하게도 길이를 자유자재로 조절할 수 있는 팔을 만들고, 그 끝에 훔친 빨간 고무장갑을 달아 완성했다.

페더스는 발뒤꿈치를 들고 서서 감방 벽에 붙여 뒀던 월레스와 그로밋이 나온 신문 기사를 떼어 냈다. 그 뒤에는 헐거운 벽돌이 숨겨져 있었다. 페더스는 벽돌을 뽑고 그 틈으로 복도를 들여다봤다. 아무도 없다는 사실을 확인하고는 기다란 팔을 구멍에 집어넣고 천천히 그리고 능숙하게 조종하기 시작했다.

팔이 향한 보안실에서는 동물원 경비원이 코를 골며 자고 있었다. 그녀는 낯선 팔이 바로 등 뒤에서 다가와 고리에 걸린 열쇠 쪽으로 움직이는데도 전혀 알아차리지 못했다. 그런데 어째서인지, 팔은 열쇠를 지나치더니 책상 위에 놓인 컴퓨터 키보드 쪽으로 곧바로 이동했다. 페더스는 아직 탈출할 생각이 없는 듯했다.

그는 팔을 섬세하게 조작해 고무장갑 손으로 키보드의 글자를 정확히 눌렀다. 그러고는 어떤 복잡한 글자와 숫자들을 입력했다. 틈틈이 둥근 사탕 통으로 만든 망원경으로 화면을 확인했다.

페더스는 컴퓨터를 해킹하고 있었다. 바로 웨스트 월러비 스트리트 62번지의 지하실에 있는 컴퓨터였다! 이때 어디선가 주인 잃은 깃털 하나가 경비원의

코 위로 날아들었다. 그녀가 잠결에 몸을 꿈틀거리더니 갑자기 코를 벌름거렸다. 재채기할 기세였다. 페더스가 다급히 고무장갑 손을 코에 갖다 대어 재채기를 막았다. 그의 부리에서 땀방울이 흘러내렸다. 그런데 곧바로 경비원이 더 크게 들썩거리더니 크게 재채기했다.

"에에, 에에에, 에에에취!"

경비원이 시원하게 재채기를 내뿜었다. 고무장갑 손이 잽싸게 그녀의 앞주머니에서 손수건을 꺼내 간신히 코를 막았다. 페더스는 땀을 닦아 내고 다시 작업에 몰두했다. 이윽고 그토록 원하던 월레스 파일이라는 이름의 문서를 찾았다. 하지만 문제가 생겼다.

"접근 불가"라는 글귀가 화면에서 번쩍였다. 페더스

는 가만히 생각에 잠겼다. 머리가 좋은 펭귄은 자신이 월레스라면 어떤 비밀번호를 만들었을지 추리해 봤다. 첫 번째 시도 'GROM1TDOG(그로ㅁ1ㅅ)', 두 번째 시도 '1NV3NTOR(발명7ㅏ)'.

모두 실패. 화면에 경고 메시지가 번쩍거렸다. "남은 기회 1회" 페더스는 이 아슬아슬한 상황을 해결하기 위해 턱을 톡톡 두드리며 고민에 빠졌다. 그는 주위를 둘러보다 월레스와 그로밋의 신문 기사를 바라보았다. 사진 속 월레스는 가장 좋아하는 간식인 크래커와 치즈를 앞에 두고 페더스 검거를 축하하고 있었다. 그래, 이거야! 페더스는 '치즈'를 입력했다. 성공이었다!

화면이 바뀌며 "치즈가 있는 사진을 모두 선택하세요"라는 지시와 함께 여러 장의 사진이 등장했다. 페더스는 당황해서 눈을 깜빡였다. 이게 뭐지?

어쨌든 지시대로 신중하게 사진을 살피기로 했다. 두 장을 선택한 페더스가 달 사진을 보고 멈칫했다. 치즈로 만들어진 걸까? 잠시 고민 후 사진을 클릭했다.

통과! 파일이 열렸다!

고무장갑 손이 '노봇' 폴더를 클릭했다. 월레스가 만든 스마트 노움의 설계도와 모든 기술 정보가 들어 있었다. 페더스가 '설정'을 클릭해 들어가자, '핵심 행동 방식'이 보였다.

설정은 '착함'으로 되어 있었다. 펭귄은 선택할 수 있는 다른 항목들을 빠르게 훑어봤다. '유쾌함, 겸손함, 순수함, 이기적임, 투덜거림, 심술맞음' 그리고 마지막으로 '사악함'이 보였다. 드디어 원하던 걸 찾았다!

자신과 꼭 닮은 항목을 찾은 범죄자 펭귄이 만족스러운 얼굴로 선택을 눌렀다. 작업은 끝났다!

기다란 팔이 순식간에 줄어들어 감옥으로 되돌아왔다. 벽돌로 구멍을 막고 신문 기사는 다시 벽에 붙였다. 모든 것이 원래대로 돌아갔다. 페더스는 감옥 침대에 편안히 누워 만족스러운 밤샘 작업을 되새기며 휴식을 취했다.

한편, 웨스트 월러비 스트리트 62번지 어두운 지하실에서 월레스의 컴퓨터에 연결된 노봇의 충전이 거의 끝날 무렵 새로운 명령이 전송되었다. 그의 눈이 갑자기 밝게 빛났다. 페더스의 끔찍한 설정이 운영 체계로 전달되자 노봇은 고통스러운 듯 몸을 부르르 떨었다.

"새로운 명령을 실행합니다!"

노봇이 오싹하게 웃으며 말했다. 그는 월레스의 전동 공구를 집어 들고 스마트 노움 설계도가 펼쳐진 작업대로 갔다. 그가 설계도를 쳐다보며 전동 공구를 켰다. 위이잉!

새롭게 태어난 사악한 노봇의 작업이 시작되었다.

Chapter 8

노봇 군단 탄생

다음 날 아침, 평소처럼 월레스의 아침 식사 기계가 만든 시리얼로 식사를 마친 그로밋이 막 책을 펼치려는데 슈퍼 기상 도우미의 인터폰이 윙윙 울렸다. 크고 또렷한 월레스의 목소리가 들렸다.

"나 좀 일으켜 줘, 친구! 오늘은 정말 바쁜 하루가 될 거야!"

월레스의 외침에 그로밋은 한숨을 쉬며 책을 내려놓

고 슈퍼 기상 도우미의 손잡이를 당겼다. "유후!"

월레스가 침대에서 미끄러지듯 통로로 들어가며 소리쳤다. 이때 쿵쿵거리며 복도를 따라 다가오는 노봇의 발소리에 그로밋의 귀가 쫑긋거렸다. 어째서인지 발소리가 달라졌다. 노봇이 방에 들어서자 그로밋이 고개를 들었다. 확실히 뭔가 이상했다.

노봇이 몸을 돌려 차갑고 싸늘한 눈으로 그로밋을

쳐다보자 그로밋의 눈이 휘둥그레졌다. 그때 월레스가
쿵! 하고 식탁 의자에 앉았다.

"좋은 아침이야, 친구들!"

그가 쾌활하게 말했다. 월레스는 차를 크게 후루룩
거리며 마시고는 자동 응답기를 확인했다.

"새 메시지가 엄청 많은걸!"

월레스가 버튼을 눌러 메시지를 들으며 말했다. 다
양한 목소리가 들렸지만, 모두 노봇에게 일을 시키고
싶은 마을 사람들이었다.

"아주 유명 인사가 됐구나. 다들 노움 일
꾼을 원해!"

월레스가 활짝 웃으며 말했다.

"이 기세라면 노봇 부대라도 하나 있
어야겠는걸!"

그 순간, 지금껏 아무 말 없이 있던
노봇이 손뼉을 짝! 하고 쳤다. 그러
자 갑자기 방 전체가 진동하기 시작
했다. 식탁 위의 식기들도 달그락거리

며 흔들렸다. 그들의 발밑에서 묵직한 쿵쾅거림이 들렸다.

"어?"

어리둥절한 월레스가 말했다. 그로밋은 얼굴을 찌푸리며 이 소란의 원인을 알아보기 위해 아래층으로 내려가 지하실 문을 열고 어둠 속을 들여다봤다. 갑자기 쿵! 쿵! 쿵! 하는 발소리가 들렸다. 한 무더기의 노봇들이 계단을 올라오는 것을 보고 깜짝 놀란 그로밋은 펄쩍 뛰어올라 노봇들을 피했다!

지하실 밖으로 나온 노봇들은 군인처럼 복도에 줄을 맞춰 섰다. 어떻게 이런 일이? 일일이 세기도 힘들 만큼 많은 노봇이었다! 그로밋이 믿을 수 없다는 듯 고개를 흔들었다. 어찌 된 일인지 노봇이 자신을 복제한 것이다! 복제된 노봇은 파란색 옷을 입었다는 점만 다를 뿐, 모든 면에서 진짜 노봇과 똑같았다!

"대체 이게 무슨……."

입을 다물지 못하고 망연자실 노봇 군단을 쳐다보던 월레스가 중얼거렸다.

"월레스 씨를 위해 노봇을 더 만들었습니다."

진짜 노봇이 말했다.

"와아!"

월레스가 감탄하며 말했다.

"정말 똑똑해! 우리에게 필요한 걸 말하기도 전에 스스로 알아낸 거잖아. 굉장해!"

그로밋은 못마땅한 눈으로 노봇 군단을 쳐다봤다. 무척 거슬리는 광경이었다. 한편 월레스는 줄지어 있는 노움들을 살펴보고 있었다.

"노움은 많으면 많을수록 좋지. 안 그래, 그로밋?"

그가 말했다. 노움 군단이 그에게 경례했다.

"맞습니다. 노움은 많으면 많을수록 더 좋습니다."

진짜 노봇이 말했다.

"반갑습니다, 월레스 씨!"

노봇 군단이 동시에 외쳤다.

"하하하!"

월레스가 웃었다.

"뭐, 잘 되겠지!"

이전에 똑같은 말을 들어 본 적이 있는 그로밋이 눈썹을 치켜올렸다.

월레스는 곧바로 체계적인 조직을 만들어 노움들을 배치했다. 월레스의 계획은 진짜 노봇이 작은 버스에 다른 노움들을 태워 마을로 데려가면, 노움들이 각자 맡은 역할에 따라 작은 오토바이를 타고 자신의 고객에게 찾아가는 것이었다. 이 정도 규모의 노움 군단이라면, 모든 일이 순식간에 끝날 것이다!

그로밋은 월레스가 노봇 군단을 추적하는 접시 형태의 레이더를 지붕에 설치하는 동안 차를 끓였다. 설치를 마친 월레스는 통제실이 된 방에 자리 잡았다. 방안에는 깜빡이는 CCTV 화면과 키보드가 가득했다.

"나는 새로운 노움 탐지기로 노봇들을 추적하면서 잘하고 있는지 확인만 하면 돼."

월레스가 노움들이 작은 버스에 차례차례 타는 모습을 화면으로 보며 말했다. 그로밋은 컵을 올린 쟁반을 들고 들어왔다.

"우리가 따라갈 필요 없어, 그로밋!"

노움들을 믿지 않는 그로밋은 화면을 보며 얼굴을 찌푸렸다. 누군가는 함께 가서 그들을 감시해야 한다고 생각했다.

"차를 참 잘 끓였네."

월레스가 차를 후루룩거리며 말했다.

"자, 이제 우리는 편히 앉아서 노봇 군단에게 시키기
만 하면 돼. 너무 좋지 않아, 그로밋?"

말을 마친 월레스가 주위를 둘러봤다.

"그로밋?"

그로밋이 사라졌다.

부릉부릉! 월레스는 작은 버스의 엔진 소리를 듣고 의자에서 벌떡 뛰어올랐다.

"그로밋!"

그가 큰 소리로 외쳤다. 하지만 이미 그로밋은 원래 운전하기로 되어 있던 노봇에게서 차 열쇠를 뺏고 운전석에서 밀어낸 뒤였다. 그로밋이 운전대를 잡고 노움 군단을 데리고 출발했다.

작은 버스 안에 설치된 인터폰으로 월레스의 목소리가 지지직거리며 들려왔다.

"그로밋! 우리가 같이 갈 필요 없다고 했잖아. 내 발명품을 못 믿는 거야, 친구?"

그로밋은 고개를 돌려 뒤에 탄 노움들을 쳐다봤다. 그들 중 어느 하나도, 단 하나의 노움도 믿지 않는 그는 단호한 표정으로 버스를 몰았다.

Chapter 9

노봇 군단의
이중생활

방으로 돌아온 월레스가 고개를 절레절레 흔들었다.

"왜 저러는 거야, 쟤는!"

그가 혀를 쯧쯧 차며 혼잣말했다. 그는 작은 버스의
진행 상황을 확인하기 위해 화면으로 시선을 돌렸다.
작은 버스는 그사이 목적지에 도착해 있었다.

"노움 군단이 움직일 시간이야!"

월레스가 여러 개의 버튼을 누르며 말했다. 버스의

뒷문이 열리자 작은 오토바이를 탄 노봇 군단이 쏜살같이 튀어나왔다.

"출동! 출동! 출동!"

진짜 노봇이 각자의 고객들을 향해 가는 노움들에게 소리쳤다.

"명심해! 모두 정해진 대로 완벽하게 움직이는 거야!"

인터폰에서 월레스의 목소리가 울렸다. 그는 노움 추적 장치의 화면으로 그들의 일사불란한 모습을 흐뭇하게 지켜봤다. 노봇 군단은 마을 곳곳으로 흩어져 각자의 고객들을 찾아갔다. 눈 깜짝할 사이에 온갖 잡일을 처리해 내는 모습을 보고 마을 사람들이 기뻐했다. 정말 대단한 팀이었다! 노움들은 춤추고 노래하면서도 톱니바퀴처럼 빈틈없이 움직였다. 다 같이 잔디를 깎고 페인트를 칠하고 톱으로 나무를 잘랐다.

"오! 우리는 행복하게 일하는 노봇!

일하는 게 너무 좋아!

우리는 함께 가서 당신의 집을 고치지.

　우리는 땅 파고 페인트를 칠해! 나무도 심고 가지를 다듬어! 쉬지 않고 일하지! 쉬지 않아도 괜찮아! 우리는 배터리로 움직이니까!

　오! 우리는 다재다능 훌륭한 노봇!

　뭐든지 해내지! 무슨 일이든 맡겨 줘!

　어떤 일이든 최선을 다해! 밀고 당기고 톱질해서 자

르지. 모든 일이 재밌어. 모든 일이 즐거워. 어서 가서 쉬세요. 걱정하지 마세요. 모든 일이 끝날 때까지 편안히 있어요!"

마을 사람들 모두가 이 만능 일꾼들에게 푹 빠져 버렸다. 하지만 노움들을 감시하느라 바삐 돌아다니는 그로밋만은 예외였다. 노봇 군단은 눈앞의 모든 것을 가차 없이 제거하며 나아갔다.

월레스는 화면에 비친 노움들을 보며 가슴이 벅차올랐다.

"노봇 군단은 대성공이야, 그로밋!"

그가 인터폰에 대고 소리쳤다.

"이제 곧 밀린 청구서도 다 갚게 될 거야!"

하지만 그로밋은 월레스의 목소리를 듣지 못했다. 노움들을 감시하는 건 매우 고된 일이었다. 거기다 노봇 군단이 일부러 그로밋을 괴롭히려는 듯, 그의 발에 타일을 던지고 잔디 카펫으로 그를 덮어 버리니 더욱 힘들 수밖에 없었다. 그들은 개를 싫어하는 것 같았다.

아니, 어쩌면 그로밋을 싫어하는 걸까? 그로밋이 울타리 너머로 그들을 엿보는 순간, 한 노움이 울타리 판자에서 못을 쑥 뽑아냈다. 그로밋은 그대로 앞에 놓인 트램펄린으로 쿵! 떨어졌다가, 다시 뿅! 하고 튀어 올라 노봇 군단이 미리 준비해 둔 손수레 안으로 콰당! 떨어졌다.

손수레가 쌩하니 달리다가 갑자기 멈췄고 그로밋은 그대로 정원 창고로 날아 들어갔다. 쾅! 노움 하나가 문을 세게 닫고는 화분으로 문을 막았다. 함정이었다! 노봇 군단은 일만 하는 기계가 아니었다. 스마트 노움답게 매우 '똑똑한' 녀석들이었으며, 그로밋이 자신들을 의심한다는 사실도 알고 있었다.

창고에 갇혀 버린 그로밋은 절박한 얼굴로 창문을 보았다. 노봇 군단이 정원을 가로질러 버스를 타는 모습을 그저 지켜보는 수밖에 없었다.

그로밋이 필사적으로 창문을 두드리자 진짜 노봇이 몸을 돌려 사악한 미소를 지으며 경례를 보냈다. 노봇이 그로밋을 속인 것이었다!

노봇 군단은 줄 맞춰 작은 버스에 올라타더니 운전대를 잡고 마을을 떠나 버렸다. 그런데 버스의 움직임이 이상했다. 매우 무거운 것이라도 실은 듯, 느릿느릿 털털거리며 천천히 멀어졌다. 노움들 말고 뭔가 다른 것도 실려 있는 게 분명했다. 도대체 저 안에 뭐가 있는 거지?

웨스트 월러비 스트리트 62번지로 곧장 향한 진짜 노봇은 후진으로 월레스의 차고에 들어갔다. 노움들이 눈 깜짝할 새에 차에서 뛰쳐나와 차고 문을 세차게 닫아 버리는 바람에 버스 안에 무엇이 있는지 아무도 보지 못했다. 노움 군단이 원하던 대로!

Chapter 10

사라지는 물건들

　러브조이 부부는 정원에서 생일을 축하하며 즐거운 시간을 보내고 있었다. 조금 전 노봇 군단이 다듬은 잔디도 무척 만족스러웠다.

　"생일 축하해, 메이비스."

　러브조이 씨가 생일 케이크를 올린 접시를 정원 식탁으로 옮기며 말했다. 메이비스 러브조이가 환하게 웃었다.

"어머, 멋진 케이크네."

그녀가 입맛을 다시며 설탕으로 만든 장식이 올라간 스펀지케이크를 바라보고 말했다.

쨍그랑! 러브조이 씨가 접시를 식탁 위에 놓지미지, 접시가 곧장 바닥으로 떨어져 산산조각이 났다. 잼이 든 스펀지케이크가 부서지고 설탕 장식도 깨져서 잔디밭 여기저기에 튀었다. 식탁 위 유리 상판이 감쪽같이 사라진 상태였다!

"아이고!"

놀란 메이비스가 말했다.

"왜 식탁 유리가 없는 거지?"

그 시각, 이웃집 디버 씨는 창고 문을 열어 보고 어안이 벙벙했다. 창고가 텅 비어 있었다.

"내 물건들이 어디로 사라진 거야!"

그가 구석구석 살펴보며 소리쳤다. 그런데 길 건너편 가제보 부인 집은 상황이 훨씬 더 심각했다.

"어머나 세상에! 내 창고가 어디 갔지?"

그녀는 놀란 나머지 숨도 제대로 쉬지 못했다. 정원에 있던 창고가 통째로 사라지고 바닥과 문만 남아 있었기 때문이다. 마을 곳곳에서 물건이 도난당한 사실을 알아챈 고객들이 화를 내고 있었다. 잔디깎이부터 삽, 실외용 의자, 정원 정자까지, 훔치지 않은 물건이 없었다. 모두 사라져 버렸다.

경찰서의 무커지 순경은 끝없이 밀려드는 신고 전화를 받느라 정신이 없었다.

"또 도난 사건이라고요? 주소를 알려 주세요!"

그녀가 허둥지둥 전화를 받으며 말했다.

"풍향계가 없어졌다고요?"

따르릉! 따르릉! 전화는 쉬지 않고 울렸다.

"네? 비슷한 바지를 못 찾겠다니요?"

놀란 무커지가 말했다.

"아, 빗물받이 통이요!"

그녀는 도난 사건이 일어난 장소들을 핀으로 표시해 둔 마을 지도에 핀 하나를 추가했다. 시끄러운 소리에 짜증이 난 매킨토시 경감이 상황을 알아보러 사무실에서 나왔다. 그는 벨이 울리는 전화를 무커지보다 먼저 가로채 받았다.

"안녕하세요. 경찰서입니다. 현재는 통화량이 많아 연결이 어려우니, 잠시 후 삐 소리가 나면 신고할 내용을 남겨 주세요. 삐!"

경감은 그럴싸하게 자동 응답기 흉내를 낸 후 수화기를 쾅 내려놓았다.

"무커지 순경, 대체 이게 다 무슨 소란이지?"

그가 다그치듯 물었다.

"큰일 났어요, 경감님."

무커지가 흥분해서 말했다.

"연쇄 도난 사건이에요. 심각해요. 온 마을 사람이

다 당했어요!"

"우리가 그걸 어떻게 다 해결해!"

경감이 소리쳤다.

"지금도 할 일이 얼마나 많은데!"

그는 무커지에게 넥타이 두 개를 들어 보였다.

"자, 다이아몬드 전시회 개막식에 둘 중 뭐가 더 어울리는지나 좀 봐 봐. 파란색? 아니면 검은색?"

살짝 당황한 무커지가 대답했다.

"어, 음, 파란색이요?"

"역시, 자네 말이 맞아."

경감은 거울에 넥타이를 대보며 느긋하게 말했다.

"다이아몬드는 파란색과 어울리지."

"그런데 경감님, 이 도난 사건들 말이에요."

무커지가 사건으로 화제를 돌리려고 말을 꺼냈다.

"제가 이 사건 지도를 만들고 있었어요."

그녀가 지도를 가리켰다.

"단서가 될 만한 공통점이 있을 거예요."

경감은 도난당한 물건과 피해자들의 사진을 살펴봤다.

"범죄 지도 같은 건 신경 쓰지 마, 무커지!"

경감이 말했다.

"경찰은 직감을 믿어야 해. 자네 직감은 뭐라고 하지?"

그가 배를 톡톡 두드리며 가르치듯이 말했다.

"음, 모든 단서가 이 남자를 가리키고 있어서 좀 의심스럽긴 해요."

그녀가 월레스의 사진을 탁탁 두드리며 말했다.

"지역 발명가요."

"누구? 월레스?"

경감이 눈을 동그랗게 뜨고 되물었다.

"페더스 검거의 일등 공신인 그 모범 시민 말이야?"

그는 잠시 생각에 잠기는가 싶더니 명쾌하게 말했다.

"하긴, 그럴 수도 있지! 슈퍼 악당 한 번 잡았다고 천사인 건 아니니까, 그렇지?"

"그럼, 그 사람을 용의자로 봐야 할까요?"

무커지 순경이 물었다.

"그냥 수갑 채워서 데려와 버려!"

경감이 단호하게 말했다.

"그럼, 사건은 끝이지, 뭐!"

무커지는 당황해서 멍한 표정을 지었다.

"빨리 잡아넣을수록 내가 더 느긋하게 연설문을 작성할 거 아니야!"

경감이 계속 말했다.

"하지만 증거도 없는데요?"

무커지가 말했다. 경감이 못마땅한 얼굴로 코웃음을 쳤다.

"경찰 학교에서 배운 그런 이론은 쓸모없다니까!"

경감이 한숨을 내쉬더니 경찰 모자를 쓰며 말했다.

"할 수 없지, 따라와!"

Chapter 11

노움들의
수상한 작업

정원 창고에 갇힌 그로밋은 낡은 깡통 따개의 칼날로 조심스럽게 벽을 자르고 있었다. 탕! 그로밋 모양의 널빤지가 바닥으로 쓰러졌고, 그로밋은 비장한 표정으로 그 틈으로 걸어 나오며 행동에 나서기로 결심했다. 일꾼 노움은 무슨! 노봇 군단의 정체를 밝혀야 할 때가 됐다.

한편 월레스는 노움들의 범죄 행각으로 온 동네가

두려움에 떨고 있다는 사실은 전혀 모른 채 소파에 앉아 느긋하게 휴식을 즐기고 있었다. TV에서 안톤 덱의 목소리가 들려왔다.

"우리 지역 주민들의 정원에서 연쇄 도난 사건이 발생하고 있다는 소식이 들어왔습니다! 오냐 도스텝 기자가 자세한 소식을 전해 드립니다."

진짜 노봇이 진행자의 보도를 듣자마자 방으로 달려갔다. 월레스가 이 뉴스를 알면 골치 아파진다! 그는 재빨리 TV 앞으로 가서 채널을 바꿨다. 삑! 이번에는 오래된 공상 과학 영화가 나왔다.

"꺄악!"

여배우가 공포에 질려 비명을 지르고 있었다.

"로봇들이 세상을 점령하고 있어! 모든 걸 다 파괴해 버릴 거야!"

아예 TV를 꺼 버리는 편이 낫겠다고 결정한 노봇이 꺼짐 버튼을 눌렀다. 월레스가 잡지에서 눈을 떼고 고개를 들었다.

"너무 경솔한 거 아니야, 노봇? 내가 보고 있을지도 모르는데 물어보지도 않고 꺼 버리다니!"

월레스가 말했다.

"휴식을 취하셔야 합니다, 월레스 씨."

진짜 노봇이 말을 마치자마자 노움 하나가 하프를 끌고 들어왔다. 화르륵! 그는 숨겨진 화염 방사기로 벽난로에 불을 피우고는 하프로 감미로운 자장가를 연주하기 시작했다. 곧이어 다른 노움들이 월레스를 위해 발판과 포근한 담요를 들고 들어왔다.

"안마해 드릴까요, 월레스 씨?"

한 노움이 월레스 뒤에 작은 발판을 놓고 말했다. 그

는 발판에 올라가 월레스의 머리와 귀를 마사지했다.

"오오, 아주 시원해."

월레스가 귀 마사지를 즐기며 말했다.

"이런 대접이 습관이 되면 안 되는데, 너무 좋은걸."

또 다른 노움이 김이 나는 머그잔을 올린 쟁반을 들고 들어왔다.

"스르륵 코코아 한 잔 어떠세요?"

진짜 노봇이 물었다.

"거절할 수 없지."

월레스는 따뜻한 코코아를 후루룩 마시며 행복한 얼굴로 말했다.

"으음, 달콤해!"

"쭈욱 마시세요, 월레스 씨!"

다른 노움 하나가 스르륵 코코아가 든 잔을 월레스의 입으로 기울이며 말했다.

"꿀꺽, 음냐, 좀 천천히."

졸음이 몰려온 월레스가 중얼거렸다. 그는 가볍게 딸꾹질하더니 이내 눈을 감고 코를 골았다. 역시 효과

최고! 스르륵 코코아! 진짜 노봇이 만족스럽게 빙긋 웃으며 문을 닫고 나갔다.

집 밖에서 작은 오토바이가 끼이익 하는 소리를 내며 멈췄지만, 깊게 잠든 월레스는 듣지 못했다.

오토바이의 주인은 다름 아닌 그로밋이었다. 재빨리 오토바이에서 내린 그로밋은 차고로 달려가 버스를 찾았지만, 차고는 텅 비어 있었다. 그로밋은 한쪽 눈썹을 치켜올리며 집 안으로 들어갔다.

거실에서 들려오는 코 고는 소리에 그로밋은 조심스레 문을 열고 안을 들여다봤다. 월레스가 빈 머그잔들에 둘러싸인 채 곤히 잠들어 있었다. 그때 그로밋이 귀를 움찔거렸다. 코 고는 소리 말고도 망치질 소리와 긁고 갉는 듯한 거친 소음이 지하실 쪽에서 들려왔다.

서둘러 지하실 문으로 간 그로밋은 열쇠 구멍으로 안을 들여다봤다. 분주하게 움직이는 노봇 군단의 모습이 보였다. 노움들이 무슨 꿍꿍이지? 좀 더 가까이에서 확인할 필요가 있었다. 그는 곧장 밖으로 나가 지하실로 이어지는 낡은 굴뚝 뚜껑을 열고 밧줄을 매달아

아래로 내려갔다. 그로밋은 발이 바닥에 닿자마자 재빨리 어둠 속으로 몸을 숨겼다. 그들을 살피던 그로밋의 눈이 커졌다. 지하실은 마치 바쁘게 돌아가는 공장 같았다.

사방에서 노움들이 정신없이 움직이고 있었다. 서류철을 든 노봇, 수레를 미는 노봇, 망치질하는 노봇, 심지어 보안경을 쓰고 용접 작업을 하는 노봇도 있었다. 마을에서 훔쳐 온 배수관, 표지판, 풍향계 같은 여러 가지 물건을 녹인 뒤 대장장이처럼 두드려 새로운 부품을 만들어 냈다. 완성된 부품들은 철제 지지대에 둘러싸인 커다란 비닐 천막 안으로 옮겨지고 있었는데, 그 아래에는 크고 둥근 형태의 거대한 무언가가 숨겨져 있었다. 눈을 가늘게 뜨고 이 광경을 지켜보던 그로밋은 노봇 군단이 마을에서 훔친 물건들로 무언가를 만들고 있다는 사실을 눈치챘다.

그로밋은 저 비닐 천막 아래 감춰진 거대한 물체의 정체를 반드시 밝혀내야만 했다.

Chapter 12

함정에 빠진
그로밋

그로밋은 바쁜 노움들의 눈을 피해 비닐 천막까지 은밀하게 이동했다. 천막에 도착한 그로밋은 조심스럽게 한쪽 모서리를 들어 올렸다. 그 안을 들여다보려는 그때! 삐익 하는 괴상한 소리가 시끄럽게 울렸다! 깜짝 놀라 아래를 내려다보니 발밑에 삑삑거리는 소리가 나는 오리 장난감이 있었다.

분주했던 지하실이 한순간에 조용해졌다. 노봇 군단

은 천천히 몸을 돌려 그로밋을 쳐다봤다. 그로밋은 태연한 얼굴로 별일 아니라는 듯 어깨를 으쓱하며 오리를 집어 들어 노움들에게 보여 주고는 오리를 눌러 삑삑거리는 소리를 들려 줬다.

그 뒤 있는 힘껏, 최대한 빠르게 계단을 올라가 응접실로 달려갔다! 월레스를 깨워야 해! 무슨 일이 벌어지고 있는지 알려야 해! 철벅! 그로밋이 차가운 물을 잔에 가득 담아 잠든 발명가에게 뿌렸지만, 깊이 잠들어 버린 월레스는 여전히 코만 골았다. 그로밋이 잠시 가만히 서서 고민하는가 싶더니, 곧 자동 토닥이를 가지고 돌아왔다.

그로밋은 기계의 설정을 '다정함'에서 '격렬함'으로 바꾸고 월레스의 머리 옆에 놓았다. 철썩! 철썩! 철썩! 기계가 격렬하게 월레스의 뺨을 때리자, 드디어 그가 콜록거리며 눈을 떴다.

"그로밋! 이게 무슨 짓, 응?"

짜증을 내려던 월레스의 눈에 다급하게 복도를 가리키는 그로밋의 모습이 들어왔다.

"왜? 무슨 일 있어?"

월레스가 말했다.

"노봇 군단이 사고라도 친 거야?"

그로밋이 맹렬하게 고개를 끄덕이며 월레스의 팔을 끌어 지하실로 데려갔다.

"하, 정말 중요한 문제여야 할 거야, 친구."

월레스가 투덜거렸다.

"요즘 네가 왜 이러는지 모르겠다니까."

그로밋은 그에게 모든 상황을 보여 주기 위해 지하실 문을 활짝 열었다. 그런데 월레스의 반응이 예상과 달랐다. 그의 얼굴이 환하게 밝아졌다.

"세상에! 정말 기가 막히네!"

월레스가 활짝 웃으며 말했다.

"이것 봐, 얼룩 하나 없이 깨끗하다고!"

그로밋이 황당해하며 눈을 비비고 다시 한번 지하실을 살폈다. 그야말로 반짝반짝했다! 조금 전만 해도 바쁜 노움들의 열기와 소음으로 가득 찬 아수라장이 그새 깨끗한 지하실로 바뀌어 있었다.

수상한 비닐 천막이며, 망치나 용접기 같은 공구부터 마을에서 훔쳐 온 물건들까지, 모든 것이 감쪽같이 사라진 상태였다. 그로밋의 입이 떡 하고 벌어졌다.

"아휴, 우리 착한 노움들, 이 늦은 밤까지 일하고 있었구나."

노움들을 칭찬한 월레스는 그로밋을 차갑게 쳐다보며 말했다.

"이걸 왜 그렇게 보라고 했는지 모르겠네. 아침까지 기다렸다가 봐도 되잖아? 이 별난 녀석아."

그로밋은 여전히 지하실을 바라보며 노움들이 그 짧은 시간에 흔적을 감춘 수법이 궁금해 머리를 굴리고 있었다. 갑자기 진짜 노봇이 그로밋 곁으로 오더니 마치 다정한 친구처럼 팔짱을 꼈다. 그로밋은 팔을 뿌리치고 거짓말쟁이 노봇을 노려봤다.

"못되게 굴지 마, 버릇없는 녀석 같으니!"

월레스가 하품을 크게 하며 기지개를 켰다.

"휴, 밤이 되기 전에 네가 방해한 낮잠이나 마저 즐겨야겠어."

월레스가 그로밋을 남겨 두고 위층으로 향하자, 노움들이 소리 없이 그로밋을 쳐다보며 음산한 분위기를 풍겼다. 다행히 때마침 현관문을 두드리는 요란한 소리가 들리며 이 섬뜩한 침묵을 깼다. 쿵! 쿵!

"그로밋, 혹시 피자라도 시켰니?"

월레스가 계단에서 외쳤다.

"잠시만 기다려요! 지금 나가요, 나간다고요!"

시끄러운 소리에 복도를 걸으며 외치던 월레스가 현관문을 열다가 깜짝 놀라 외마디 비명을 질렀다. 무커지 순경이 무서운 얼굴로 경찰들이 문을 부술 때 쓰는 두꺼운 쇠기둥(대형 해머 또는 망치)을 들고 그를 향해 달려오고 있었기 때문이다!

"경찰입니다!"

속도를 줄이지 못한 무커지 순경이 열린 문을 그대

로 지나쳐 바닥에 우당탕! 넘어지며 소리쳤다.

"이런, 죄송합니다!"

그녀가 몸을 일으키며 말했다.

"가지가지 하는군."

뒤에 서 있던 매킨토시 경감이 못마땅한 듯 눈을 굴리며 말했다.

"됐어, 어서 끝내자고."

월레스는 당황한 기색을 감추지 못했다.

"무슨 일인가요?"

월레스가 물었다. 경감은 월레스에게 서류 한 장을 휙 내밀고 안으로 밀고 들어왔다.

"이 집에 대한 수색 영장입니다. 무커지, 용의자에게 권리를 알려 드려."

"네, 경감님."

넘어졌던 무커지 순경이 정신을 차리고 목소리를 가다듬었다.

"지금부터 당신이 하는 말은 기록되며, 법정에서 불리한 증거로 사용될 수 있습니다."

"용의자라니, 그게 무슨 소리예요? 전 아무 짓도 안했어요!"

월레스가 소리쳤다. 무커지 순경이 그의 눈을 똑바로 바라보았다.

"우리는 노움을 이용한 도난 사건이 당신과 관계있다고 생각합니다!"

그로밋이 앞발로 이마를 짚었다. 그가 가장 걱정했던 일이 벌어졌다. 월레스가 멍한 얼굴로 되물었다.

"내가 노움을 이용한 도난 사건의 범인이라고요?"

"하! 이것 봐! 바로 자백하잖아!"

경감이 의기양양하게 말했다.

"기록해 두게, 무커지."

월레스는 순순히 물러서지 않고 항의했다.

"이건 말도 안 돼요. 내 노봇들은 도둑이 아니에요. 지금 작업실에서 봄맞이 대청소 중이라고요."

"증거가 작업실에 있답니다, 경감님!"

무커지가 외쳤다.

"좋아! 바로 확인해 봐!"

경감이 말을 끝내기도 전에 무커지 순경은 사라지고 없었다. 그녀는 손전등을 무기처럼 휘두르며 지하실로 뛰어 들어가 사방을 비췄다. 그녀를 따라 지하실로 들어온 경감이 조용히 불을 켰다. 지하실은 텅 비어 있었다.

"어라."

월레스가 당황해서 말했다.

"조금 전까지 모두 여기 있었는데, 아마 마무리로 쓰레기라도 버리러 갔나 봅니다."

경감이 월레스를 노려봤다.

"경찰이 당신 장난에 속을 것 같나, 발명가 양반?"

그가 씩씩대며 말하고는 휙 돌아서서 나가 버렸다.

"어디 가십니까, 경감님?"

무커지 순경이 물었다.

"수염 다듬으러 가네."

경감이 큰 소리로 말했다.

"곧 중요한 날이니까!"

그는 무커지 순경을 돌아보며 말했다.

"증거가 필요하면 찾아내, 무커지! 이 사건을 빨리 마무리 짓고 싶군!"

그러고는 경감은 문을 쾅 닫고 나갔다.

"네, 알겠습니다."

무커지가 주위를 둘러보며 말했다.

"증거를 찾아야 해, 증거."

그녀는 온 집을 수색하기 시작했다. 월레스와 그로 밋은 서로를 바라보았다. 경찰은 뭘 찾고 있는 걸까? 그리고 '노움을 이용한 도난'은 대체 무슨 말이지?

잠시 후 무커지 순경은 의심스러워 보이는 기계들을 잔뜩 발견했다.

"지원 요청합니다."

그녀가 경찰 무전기에 대고 말했다.

"짐을 실을 차량이 필요해요. 아주 큰 차로요!"

Chapter 13

기계도 노봇도
없는 세상

다음 날 아침, 때르르릉! 그로밋의 자명종이 울리고 곧이어 인터폰으로 월레스의 목소리가 들려왔다.

"그로밋, 나 좀 일으켜 줘, 우리 착한 강아지!"

하지만 그로밋의 침대는 비어 있었다. 그는 지하실로 내려가 어제 경찰의 기습 수색으로 엉망진창이 된 작업실을 살펴보고 있었다.

노란색 출입 통제 테이프가 사방에 붙어 있었고, 월

레스의 모든 발명품과 장비는 경찰에 압수되었다. 텅 빈 지하실에는 플러그 뽑힌 전선들만 덩그러니 남아 있었다.

그로밋은 주위를 살펴보며 생각에 잠겼다. 노봇 군단은 훔친 물건들을 어디에 숨겼을까? 또 그들이 만들고 있던 수상한 물건은 어디에 있을까? 그로밋은 벽 뒤에 빈 공간이 있는지 확인해 보려고 방금 발견한 청진기를 벽에 대고 소리를 들어 보았지만, 아무것도 알아내지 못했다.

그 시각 월레스는 침대에 누워 기지개를 켜며 그로밋이 슈퍼 기상 도우미를 작동시키지 않은 이유를 궁금해하고 있었다. 그러다 문득 전날 있었던 일들이 생각났다.

"아, 그렇지 참."

그가 머리를 긁적이며 말했다.

"경찰이 내 발명품들을 다 가져가 버렸지. 과학 수사인가 뭔가를 하겠다는 말도 안 되는 소리를 하면서!"

그는 침대에서 일어나려고 몸을 일으키다가 쾅! 하

고 바닥에 있는 구멍으로 미끄러져 떨어졌다. 지하실에서 청진기를 대고 있던 그로밋이 큰 소리에 놀라 펄쩍 뛰었다.

"아이고!"

월레스가 비명을 지르며 구멍에서 기어 나와 먼지를 털었다. 그가 옷을 찾아 주섬주섬 입으며 말했다.

"발명품 없으면 어때? 난 아무 문제 없다고!"

사실 월레스는 지난 몇 년 동안 발명품의 도움 없이 스스로 옷을 입은 적이 없었다.

월레스가 양말을 신으려다가 균형을 잃고 통통 뛰며 방안을 돌아다녔다. 그러다 그만 한쪽 양말만 신은 채 바퀴 달린 대걸레 통에 발이 쏙 들어가 버렸다. 달달달! 대걸레 통은 허우적거리는 월레스를 싣고 빠르게 복도를 가로질러 욕실 앞에서 덜컥 멈췄다. 첨벙! 그는 욕조에 빠졌다!

"악! 차가워!"

차갑게 식은 물에 빠진 월레스가 소리쳤다. 따뜻한 거품 목욕을 책임졌던 발명품도 경찰에 압수된 상태

였다. 하지만 끝이 아니었다. 욕조는 레일을 따라 윙윙 달리다가 달칵 멈췄고 월레스는 집 바깥으로 뚫린 구멍으로 날아갔다. 어제까지는 옷 입기 발명품으로 가던 길이었지만, 지금은 대포알처럼 공중으로 냅다 던져졌다. 콰당! 월레스는 큰 소리와 함께 꽃밭에 떨어졌다.

"으으, 내 소중한 꽃들이!"

그가 끙끙 앓으며 말했다.

"차 한잔 마셔야겠어, 친구!"

그로밋은 지하실에서 사건의 단서를 찾기 위해 열심히 머리를 굴려 봤지만 아무런 소용이 없었다. 화가 난 그로밋은 낡은 페인트 통을 걷어찼다. 통이 빠르게 굴러가다 선반에 깡! 부딪혔다. 그때 월레스의 비명 소리가 들렸다. 그는 덜렁이 발명가가 걱정되어 계단을 성큼성큼 올라갔다.

그로밋이 지하실을 나가며 문을 쾅 닫자, 페인트 통에 부딪혔던 선반이 흔들거리더니 그 위에 놓여 있던 물이 든 유리병이 떨어져 깨졌다. 바닥에 고인 물은 천천히 한쪽으로 흐르다가 틈새로 사라졌다. 바로 여기였다. 그로밋이 그토록 찾던 지하실의 비밀 공간!

간신히 몸을 일으킨 월레스는 멍한 얼굴로 옷도 제대로 입지 못한 채 다리를 절뚝이며 집 안으로 들어섰다. 그로밋은 주방 선반에서 먼지가 소복한 옛날 찻주전자를 꺼내고 있었다. 월레스의 호로록 차 제조기도 압수되어 예전 방식으로 차를 끓여야 했다.

"이걸 너무 오랫동안 안 써서 어떻게 해야 하는지도 잊어버렸네."

월레스가 머리를 긁적이며 말했다. 그는 찻주전자를 빤히 쳐다보다가 뚜껑 손잡이를 꾹 누르고는 기대에 찬 눈빛으로 기다렸지만, 아무 일도 일어나지 않았다.

"뭐야, 고장 났잖아."

월레스가 짜증스럽게 찻주전자를 식탁에서 밀쳐 내며 말했다. 그로밋이 몸을 날려 아슬아슬하게 받아 낸 덕분에 주전자가 깨지지는 않았지만, 월레스는 눈치채지 못했다. 경찰이 자신에게 씌운 억울한 누명을 생각하느라 바빴기 때문이다.

"오해가 있는 게 분명해. 내 노봇들은 결백하다고!"

그는 그로밋을 보며 소리쳤다.

"너는 날 믿지, 내 강아지?"

그로밋은 힘없이 고개를 떨군 채 발끝만 바라보았다. 월레스에게 믿는다고 말해 주고 싶었지만, 그럴 수 없었다. 이미 노봇 군단의 수상한 행동을 너무 많이 봐 버렸다.

"그렇지, 친구?"

월레스가 한 번 더 물었다. 그로밋은 슬픈 얼굴로 고개를 저었다. 월레스가 얼굴을 찌푸렸다.

"하, 그래."

그의 목소리가 바뀌었다.

"하긴 넌 처음부터 노봇을 싫어했잖아, 안 그래?"

그가 그로밋에게 손가락질하며 말했다.

"내가 널 위해 만든 건데도 말이야! 두고 봐! 곧 경찰도 잘못을 깨닫고 사과하러 올 거야!"

그때 쾅! 쾅! 누군가 현관문을 세게 두드렸다.

"딱 때맞춰 왔네. 내 말이 맞지?"

월레스가 문을 열며 말했다.

"자, 보라고, 이제 경찰이 내가 말한 대로."

"치사하고 못된 대장 도둑아!"

문 앞에는 화난 사람들이 한가득 몰려와 있었다. 그들은 저마다 큰소리로 월레스를 비난하고 있었고, 항의 문구가 쓰인 팻말을 들고 온 사람도 있었다.

"내 물건을 어디에 숨겼어? 내 바비큐 그릴 내놔!"

사방에서 물건을 내놓으라는 외침이 들려왔다. 월레스가 충격에 빠져 뒷걸음질 치자 어디선가 오냐 도스텝 기자가 뉴스 촬영팀과 함께 나타났다.

"생방송으로 전해 드립니다! 저는 지금 웨스트 월러비 스트리트에 있는 사악한 발명가 월레스 씨의 집 앞에 있습니다!"

그녀가 마이크에 대고 외쳤다.

"사, 사악하다고요?"

월레스가 말을 더듬었다.

"뛰어나다고 하지 않았나요?"

"노움들에게 도둑질하는 법을 가르쳤으면서, 자신을 뛰어나다고 생각하는 건가요?"

오냐가 소리치며 마이크를 월레스의 얼굴에 들이밀었다.

"내 노움들이 여기 있었다면, 결백을 증명할 수 있었을 겁니다!"

당황한 월레스가 말했다.

"노움들이 여기 없나요? 그럼 지금 어디에 있나요?"

오냐가 물었다.

"저도 모르겠어요!"

월레스가 떨리는 목소리로 말했다. 하지만 화난 군중의 시위는 더욱 격렬해졌다. 그들은 구호를 외치기 시작했다.

"도둑 노움 내놔라! 도둑 군단 내놔라!"

불행하게도 상황은 점점 더 월레스에게 불리해졌다. 그 시각, 페더스는 동물원 감옥에서 사육사들의 텔레비전에서 울려 퍼지는 뉴스를 주의 깊게 듣고 있었다. 군중의 외침과 야유가 커지면 커질수록 펭귄의 검은 눈동자가 만족감으로 반짝였다. 모든 것이 완벽하게 계획대로 흘러가고 있었다.

Chapter 14

그로밋의 반격

    월레스는 소리 지르며 몰려드는 사람들을 뒤로하고 비틀거리며 집 안으로 들어와 현관문을 닫았다.

    "경찰이 내 노움 추적기까지 가져가 버렸는데, 나더러 어떻게 노움들을 찾으라는 거야?"

    그가 절박하게 그로밋에게 물었다. 월레스를 도울 방법을 궁리하던 그로밋에게 좋은 생각이 떠올랐다.

    그로밋은 차고로 달려가 작은 버스에 시동을 걸

었다. 그런데 아무런 반응이 없었다. 그로밋은 다시 한 번 시동을 걸었지만, 여전히 버스는 잠잠하기만 했다. 그는 차에서 내려 주변을 살펴봤다. 이런! 엔진도 없고 바퀴도 없었나! 노봇 군단이 죄다 훔쳐 가 월레스와 그로밋의 발을 묶어 버린 것이다!

하지만 실망도 잠시! 그로밋이 비닐 천막을 걷어 내자 그들이 아끼던 오토바이와 사이드카가 모습을 드러냈다! 부우우웅! 잠시 후, 그로밋을 태운 오토바이가 경찰서를 향해 달렸다.

'도둑 노움들을 찾아야만 월레스의 결백을 증명할 수 있어!'

한편 경찰서에서는 맥킨토시 경감이 무커지 순경에게 소리를 지르고 있었다. 경감은 넘쳐 나는 월레스의 발명품 때문에 엉망이 된 경찰서를 보고 단단히 화가 났다.

"이 쓸데없는 것들은 다 뭐야!"

경감이 소리쳤다.

"여기가 고물상이야?"

"월레스 씨의 발명품입니다, 경감님."

무커지 순경이 말했다.

"증거를 찾아오라고 하셨잖아요."

"그렇다고 집 전체를 다 가져오면 어떡하라는 거야!"

경감이 말했다.

"이건 대체 어디에 쓰는 물건이야? 이게 왜 필요해?"

그가 월레스의 자동 토닥이에 있는 빨간 버튼을 눌렀다. 철썩! 철썩! 철썩! 기계손이 경감의 엉덩이를 시원하게 때렸다.

"으악! 아야! 저리 치워!"

경감이 기계손에서 벗어나며 소리쳤다.

"저 기계가 경찰을 폭행했어! 이것도 혐의에 추가해, 무커지!"

그가 소리쳤다.

"그게 바로 문제예요, 경감님."

밤새 월레스의 발명품을 조사한 무커지는 한숨을 쉬더니, 지친 눈을 비비며 말했다.

"전부 살펴봤는데요, 월레스가 도난 사건에 관여했다고 볼 만한 증거가 하나도 없어요. 점점 그가 범인이 아니라는 생각이 들어요!"

하지만 경감은 단호하게 말했다.

"노움을 만든 게 누구야? 그 사람이잖아! 월레스가 악당이야! 더 말할 것도 없어."

그사이 경찰서에 도착한 그로밋은 오토바이에서 내리자마자 안으로 뛰어 들어갔다. 사건 접수대에 가까이 간 그로밋은 큰소리로 말다툼하는 경감과 무커지 순경의 모습을 발견했다. 이런 기회를 놓칠 그로밋이 아니었다. 그로밋은 바닥에 납작 엎드려 몸을 완전히 숨기고 접수대 아래로 기어가 월레스의 발명품을 모아 놓은 곳으로 슬금슬금 다가갔다.

"아, 됐어. 나중에 다시 얘기해."

경감이 까칠하게 말했다.

"지금은 훨씬 더 중요한 박물관 행사부터 처리하자고."

"하지만, 경감님."

경감은 무커지 순경의 말을 끊었다.

"무커지, 내 인생에서 가장 중요한 날이야."

그가 자랑스럽게 말했다.

"40년 근무의 정점을 찍는 거야. 모두가 블루 다이아몬드를 다시 보기 위해 올 거란 말이지. 작은 실수도 용납할 수 없어."

그가 말하는 동안, 천천히 그리고 조용히 방을 가로질러 월레스가 만든 접시 모양의 노움 추적기를 옮기던 그로밋은 마침내 미끄러지듯 접수대를 지나 건물 밖으로 나올 수 있었다. 경감도, 무커지 순경도 전혀 눈치채지 못했다.

"우린 지금 이 일에 집중해야 해."

그가 말했다.

"매의 눈으로 감시해! 티끌 하나도 놓쳐서는 안 돼!"

"네, 경감님!"

무커지 순경이 대답했다.

경찰서 밖으로 나온 그로밋은 노움 추적기와 화면을 오토바이에 장착하고 전원을 켰다. 접시가 돌아가기 시작했다. 삑! 삑! 삑! 추적기의 감지 기능을 최고 단계로 올렸다. 안개 낀 밤이지만, 그로밋은 단 하나의 노움도 놓치지 않겠다고 굳게 결심했다.

그로밋이 화면을 살피며 오토바이를 몰던 중 갑자기 삐이이이익! 소리와 화면에 작은 노움 표시가 여러 개 나타났다. 노움 경보가 울렸다!

그로밋은 소용돌이치듯 휘감는 안개를 뚫으려 최선을 다했지만, 상황은 나아지지 않았다. 그때 앞쪽에 고깔 머리들이 줄지어 있는 것이 보였다. 기대에 차 귀를 쫑긋거리며 다가간 그로밋이 실망감에 귀를 축 늘어뜨렸다. 노움이 아니라 트럭 짐칸에 쌓인 교통콘 더미였다.

그러던 중 빠르게 다가오는 트럭이 보였다. 헤드라이트 불빛이 그의 눈을 쏘듯이 비췄다. 빠아아아앙! 트럭이 경적을 울렸고 그로밋은 충돌을 피하기 위해 급히 방향을 꺾었다. 결국 그로밋은 가파른 비탈길로 미끄러져 굴러떨어지다 바닥에 곤두박질쳤다. 그는 큰 벽 옆에서 겨우 멈췄다.

삐익! 삐익! 노움 경고음은 여전히 울리고 있었고, 심지어 소리가 더 커졌다. 그로밋은 침을 꿀꺽 삼키며 주위를 살폈다. 짙은 안개를 뚫고 필사적으로 노움들을 찾으려 했지만, 아무것도 보이지 않았다. 그는 혹시 모를 위험에 대비해 사이드카에 실려 있던 뜰채를 조심스럽게 꺼내 들었다.

화면의 노움 표시들이 점점 그로밋을 향해 다가오는 것이 보였다. 삐익! 삐익! 드디어 그들이 그로밋의 위치에 도착했다! 그런데 주변에는 아무도 없었다. 이게 어떻게 된 일이지? 혼란스러운 표정으로 화면을 지켜보던 그로밋은 문제의 답을 찾았다. 그는 바닥을 살펴

봤다. 쇠창살 덮개로 막은 배수구 밑으로 움직이는 불빛이 보였다. 추적기의 표시는 지하의 노움들을 나타내는 것이었다.

노움들이 지하로 이동하고 있었다! 그로밋이 고개를 들었다. 철조망이 감긴 높은 벽과 '동물원'이라고 쓰인 간판이 보였다.

노봇 군단이 가는 곳은 동물원이었다. 노움들이 여길 왜? 그로밋은 이유는 알 수 없었지만, 일단 벽을 넘기로 결심했다. 노움들이 동물원에 가면, 나도 동물원으로 간다!

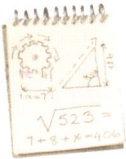

Chapter 15

위기의 동물원

그런데 어떻게 해야 이 높은 벽을 넘을 수 있을까? 그로밋은 주위를 둘러보다가 벽 너머까지 가지를 뻗은 큰 나무를 발견했다. 그로밋은 줄이 자동으로 감기는 강아지 리드 줄을 올가미처럼 가지에 던져 감았다. 손잡이 버튼을 누르자 쉬웅! 줄이 다시 감기며 그로밋을 나무 위로 끌어 올렸다. 가지 위로 기어 올라가 쌍안경으로 동물원을 자세히 살펴보던 그로밋은 등받이가 높은 검은색 회전의자가 놓여 있는 특이한 펭귄 우리를 발견했다. 이윽고 의자가 빙그르르 돌며 의자 주인이 정체를 드러냈다.

그로밋은 너무 놀라 쌍안경을 떨어뜨릴 뻔했다. 다름 아닌 페더스 맥그로였다!

페더스는 길들인 듯한 조그맣고 하얀 아기 바다표범을 쓰다듬고 있었다. 불길한 기운을 느낀 그로밋이 침을 꿀꺽 삼켰다. 여기가 바로 그 페더스를 가둬 둔 악명 높은 감옥이었다니!

삐뽁! 펭귄 우리의 수영장에서 장난감 오리 하나가 떠올랐다. 오리는 낡은 배수관으로 만든 긴 잠망경에 연결되어 있었고, 그 잠망경은 또 다른 무언가에 연결되어 있었다. 어렴풋이 봐도 거대했다! 슈워워워엉! 갑자기 물 위로 소형 잠수함이 솟아올랐다. 그로밋은 눈앞에서 벌어진 일을 보고도 믿기 힘들었다!

그런데 잠수함의 부품이 어딘가 익숙했다. 욕조, 배수관, 식탁 유리 등 모두 노움들이 훔친 물건이었다. 노움 군단이 만들던 수상한 물건의 정체는 바로 잠수함이었다!

잠수함 입구가 번쩍 들리며 열리자, 노움 군단이 밖으로 달려 나왔다. 그들은 가지런히 줄 맞춰 서서 새로운 주인인 페더스 맥그로에게 경례했다. 페더스는 자리에서 일어나 마치 해군 노움의 지휘관인 양 노움들을 하나하나 살피며 그 앞을 걸었다. 펭귄은 잠수함에 타려다가 빨간 고무장갑을 꺼내 머리에 쓰고는 고개를 휙 돌려 그로밋을 똑바로 쳐다보았다. 구슬 같은 눈의 차가운 시선을 마주한 그로밋은 침을 꿀꺽 삼켰다.

페더스는 처음부터 그로밋이 지켜보고 있다는 걸 알고 있었다!

그로밋이 뭔가를 하기도 전에, 날카로운 소리가 들려왔다. 으드드득, 이이이잉, 우드드득, 이이이익! 소리 나는 쪽으로 고개를 돌린 그로밋은 진짜 노봇이 자신이 앉아 있는 가지를 톱으로 자르는 모습을 보았다. 멀

154

리서 페더스 맥그로가 작별 인사라도 하듯 그로밋에게 경례를 보냈다. 가지가 부러지고 그로밋과 노봇은 둘 다 땅으로 곤두박질쳤다.

콰당탕! 나무에서 떨어진 그로밋은 옆에 있는 "먹이를 주지 마시오" 팻말을 움켜쥐었다. 가지에서 떨어지며 딸칵! 소리가 난 노봇은 시스템에 충격을 받아 "초기화를 시작합니다"라고 말했다.

큰 충격을 받은 그로밋이 천천히 몸을 일으키자 펭귄을 태우고 수영장 속으로 가라앉는 잠수함이 보였다. 잠수함이 보글거리며 사라지고 난 직후, 어디선가 주변을 울리는 으르렁거리는 소리가 들렸다. 그로밋 위로 사자 형태의 검은 그림자가 드리웠다. 그로밋이 몸을 돌리자 거대하고 사나운 사자의 이빨과 갈기가 보였다. 그로밋과 노봇이 떨어진 곳은 맹수 우리였다!

배고픈 사자가 크게 포효하며 그로밋에게 달려들었다! 그는 재빨리 손에 든 "먹이를 주지 마시오" 팻말을 사자의 입에 넣었다. 놀란 사자가 팻

말을 산산조각 내는 동안 그로밋은 떨어진 자동 리드 줄을 발견하고는 벽 너머로 던져 안전한 곳으로 몸을 끌어 올렸다. 노봇도 몸을 일으켰다.

"발명가 초기 설정으로 복구 완료!"

노봇이 쾌활하게 말했다. 노봇의 시스템이 초기화 되면서 정상으로 돌아왔다! 사자는 경계심 가득한 눈

빛으로 노봇을 지켜봤다. 노봇은 더 이상 악당이 아니었다. 그로밋은 이 광경을 높은 곳에서 지켜보며 두려움에 떨었다.

"안녕."

노봇이 명랑하게 말했다.

"나는 만능 일꾼 노움 로봇! 노봇이라고 불러 주세요."

노봇이 재빨리 가위를 꺼내며 말했다.

"가지치기 시작합니다!"

노봇이 화들짝 놀란 사자의 갈기를 다듬기 시작했다.

"깔끔하고 단정하게!"

노봇이 마무리하며 말했다.

으르르릉! 새로운 네모 갈기가 마음에 들지 않는 지 사자가 이빨을 드러내고 자그마한 미용사를 공격하려고 발톱을 세웠다. 사자가 막 덮치려는 순간, 그로밋이 영웅처럼 등장해 위험천만한 상황에서 노봇을 구해 냈다. 착한 노봇 구출 성공!

그로밋은 노봇을 데리고 서둘러 오토바이로 돌아가 다시 노움 추적기 화면을 확인했다. 삐빅! 삐빅! 페더스와 그의 노봇 군단이 하수도를 통해 박물관 쪽으로 이동하고 있었다. 여기는 블루 다이아몬드가 있는 곳이잖아!

망설일 시간이 없다! 그로밋은 노봇을 사이드카에 태우고 오토바이에 뛰어올라 빠르게 박물관으로 달려갔다.

"작은 일에도 최선을 다합니다!"

쏜살같이 달리는 오토바이를 탄 노봇이 노움 추적기 화면을 정성스럽게 닦으며 말했다.

Chapter 16

박물관 대소동

박물관은 수많은 초대 손님과 기자들로 북적였다. 모두 그 유명한 블루 다이아몬드를 보기 위해 기다리는 중이었다. 그 눈부신 보석은 곧 있을 언론과 초청객을 대상으로 한 사전 공개를 마친 다음, 일반 전시로 모든 사람에게 공개될 예정이었다.

그 중요한 사전 공개를 담당한 사람이 다름 아닌 매킨토시 경감이었다. 가장 좋은 양복과 넥타이를 차려

입은 그는 텅 빈 유리 진열장을 보며 자신만만하게 서 있었다. 바로 앞에는 귀중한 다이아몬드가 든 작은 가방이 놓여 있었다. 페더스 맥그로가 잡힌 이후 철통 보안을 자랑하는 박물관 금고에 들어 있던 보석이 처음 밖으로 나온 것이다.

행사가 시작되었다.

"수년간 지역 사회를 위해 일했던 세월은 저에게 큰 행복이었습니다."

경감이 연설문을 읽었다.

"시민들의 안전한 생활을 위해서 늘 실성한 자세로 근무했습니다."

순간 어색한 침묵이 흘렀고 무커지 순경이 헛기침했다.

"이런, 죄송합니다!"

경감이 말했다.

"성실한! 성실한 자세입니다. 하하, 제가 쓴 글인데도 잘못 읽었네요. 아무튼, 이제 제게 영광스러운 마지막 임무가 주어졌고, 이를 기쁘게 수행하고자 합니다."

그 시각 부릉! 오토바이를 탄 그로밋이 건물 밖 계단 앞에서 끼익하고 멈추자 사이드카에 탄 노봇이 휘청거렸다. 용감한 강아지는 숨을 깊게 한 번 들이쉬고는, 오토바이로 박물관 계단을 딜킹거리며 끝끼지 올라가 입구에 다다랐다. 문은 굳게 잠겨 있었다. "내부 행사

로 휴관합니다"라고 쓰인 표지판만이 걸려 있었다. 그
로밋은 창문으로 달려갔지만, 이번엔 빗장이 걸려 있
었다. 그는 눈을 가늘게 뜨고 안을 들여다보았다.

경감 앞에 있는 가방이 보였다. 그로밋은 블루 다이
아몬드가 대대적으로 공개되는 순간을 숨죽이며 지켜
보았다.

"신사 숙녀 여러분, 주목해 주십시오."

경감이 가방을 열며 외쳤다.

"미래 세대를 위해 철저한 보안 속에 전시될 보물,
블루 다이아몬드입니다!"

그는 가방에 손을 넣어 살며시 보석을 쥐
고, 사람들에게 잘 보이도록 옆으로 팔을
뻗은 뒤 손을 펼쳤다. 카메라 플래시가
터지고 사람들이 헉하고 숨을 들이
켰다.

"실제로 보니 그렇게 반짝이지 않
네요. 원래 이런가요?"

시장이 말했다.

"뭐라고요?"

경감이 고개를 돌려 보니 손에 곰팡이 핀 순무가 들려 있었다!

"이건 썩은 순무잖아!"

소스라치게 놀란 경감이 순무를 내팽개치며 소리를 질렀다. 사람들이 웅성거리기 시작했다. 무커지 순경은 필사적으로 머리를 굴렸다.

"경감님, 처음에 금고에 넣기 전에 가방 안을 확인하셨었죠?"

그녀가 물었다. 경감은 자신 없는 얼굴이었다.

"으음."

희미한 기억을 되짚어 보려 애쓰던 경감의 얼굴이 갑자기 굳어졌다. 그날의 일이 기억났다. 물론, 가방을 금고에 안전하게 넣었고, 경비원들이 금고를 잠그는 모습도 지켜봤다. 하지만 빨리 술집에 가고 싶은 마음에 그만, 가방 안은 확인하지 않았다. 눈이 휘둥그레진 무커지 순경이 소리쳤다.

"그럼, 그동안 우리가 지킨 게 순무라면, 블루 다이

아몬드는 어디에 있는 거예요!"

창밖에서 지켜보던 그로밋도 놀라서 눈이 휘둥그레졌다. 어떻게 다이아몬드 가방에 순무가 들어가게 된 걸까?

그는 아직 답을 찾지 못했지만, 한 가지는 분명했다. 이 일엔 페더스 맥그로가 관련되어 있다! 그로밋은 서둘러 오토바이로 달려가며 노움 추적기를 확인했다. 삐빅! 삐빅! 페더스와 노움들이 잠수함을 타고 이동 중이었다. 도대체 어디로 가는 걸까?

Chapter 17

찻주전자의 비밀

한편, 웨스트 월러비 스트리트에서는 홀로 남겨진 월레스가 피아노 앞에 앉아 슬픈 곡을 연주하고 있었다.

"노움들도 사라지고 발명품도 사라지고 심지어 내 강아지까지 다 사라졌어."

그 어느 때보다 처량해 보이는 월레스가 중얼거렸다. 그 순간, 피아노가 흔들리더니 이내 방 전체가 울릴 정도로 큰 진동이 느껴졌다.

"이게 무슨 일이야?"

당황한 월레스가 주위를 두리번거리며 말했다. 진동은 지하실에서 느껴졌다. 그는 지하실로 달려가 문을 열고 아래를 들여다보았다. 바닥이 미끄러지듯 열리며 거대한 정사각형 구멍이 모습을 드러냈다!

"우리 집에 이런 기능이 있었어?"

깜짝 놀란 월레스가 소리쳤다. 연이어 더 강한 진동과 소음이 울려 퍼지더니, 거대한 물체가 바닥을 뚫고 올라오기 시작했다. 월레스는 눈앞의 광경을 믿을 수가 없었다. 잠수함이라니! 그것도 우리 집 지하실에서?

그때 막 집에 도착한 그로밋이 쿵쿵거리는 소리에 귀를 쫑긋 세우며 걱정스럽게 집을 바라보았다. 그다음 크리켓 채를 움켜쥔 채 악당들을 막기 위해 현관문을 박차고 들어섰다. 그러자 익숙한 목소리가 들려왔다.

"어서 와, 그로밋! 별일 아니야!"

월레스의 목소리였다. 안심한 그로밋은 크리켓 채를

내려놓고 응접실로 들어갔다. 그러나 월레스는 꽁꽁 묶인 채 입까지 막혀 있었다! 사악한 노봇이 월레스 옆에 불쑥 나타났다.

"괜찮아, 괜찮아, 어서 들어와."

노움이 월레스의 목소리로 말했다. 음성 인식 기술로 주인의 목소리를 똑같이 흉내 내고 있던 것이다!

그로밋은 경악했다. 함정에 빠졌고 도망칠 방법도 없었다. 사악한 노봇들이 더 많이 나타나더니, 그가 당황한 사이 머리에 자루를 씌우고 묶었다. 불쌍한 그로밋은 아무것도 못 보는 신세가 되어 버렸다.

시간이 얼마쯤 지났을까, 드디어 머리에서 자루가 벗겨졌다. 눈을 깜빡거리던 그로밋은 월레스와 자신이 함께 묶여 있다는 사실을 깨달았다. 둘은 바퀴 달린 사무실 의자에 등을 맞대고 묶여 있었고 노움들이 주위를 둥글게 둘러싸고 있었다.

"미안해, 친구. 경고해 주고 싶었는데."

월레스가 입에 물린 재갈을 뱉어 내며 중얼거렸다.

"노봇한테 붙잡혔어. 아주 끔찍한 순간이었지."

그로밋은 몸을 이리저리 비틀며 밧줄을 풀려고 끙끙
거렸다.

"네 말이 맞았어. 노봇들이 진짜 악당이었어."

월레스가 말을 이어 갔다.

"그런데 아직도 이해가 안 돼. 내가 만든 노움들이
왜 나를 배신한 거지?"

갑자기 주위가 소란스러워지더니, 노움들이 길을 열
었다. 그들을 이끄는 우두머리가 앞으로 나섰다.

"다, 다아아닭?"

월레스가 더듬거리며 말했다.

"이 모든 게 저 닭이 시킨 짓이었다고?"

그로밋은 답답하다는 듯 눈을 굴렸다. '닭'은 머리의 빨간 고무장갑을 휙 벗어 던졌다. 변장의 달인, 페더스 맥그로가 모습을 드러냈다!

"세상에!"

월레스가 놀라 소리 질렀다.

"또 너였냐! 하지만 넌 감옥에 있어야 하잖아!"

페더스는 그의 말을 무시하고 방을 둘러봤다. 뭔가를 찾고 있는 게 분명했다.

"네가 무슨 짓을 꾸미든 너는 또 잡히고 말 거야."

화난 월레스가 말했다. 페더스는 선반에 있는 오래된 찻주전자를 발견했다. 노

169

봇 군단이 사다리를 가져와 그에게 주전자를 전해 주었다.

"지금 차라도 마시겠다는 거야?"

월레스가 발끈하며 말했다.

"뻔뻔하기 짝이 없군! 그런데 그 찻주전자로 차를 마실 생각이라면, 포기하는 게 좋을 거야. 고장 났거든."

쨍그랑! 갑자기 페더스가 찻주전자를 바닥에 떨어뜨려 버렸다.

"무슨 짓이야!"

월레스가 황당해하며 소리쳤다. 펭귄은 몸을 숙이고 깨진 조각들 사이를 뒤적이더니, 반짝거리는 뭔가를 집어 들었다. 커다란 다이아몬드였다! 페더스는 보석을 집어 들고는 이리저리 돌리며 황홀한 듯 바라보았다.

월레스와 그로밋은 또 한 번 충격에 휩싸였다.

"세상에!"

월레스가 소리쳤다.

"말도 안 돼! 블루 다이아몬드잖아!"

보석이 자신의 찻주전자에 들어가게 된 이유를 생각하던 월레스가 드디어 진실을 깨닫고 외쳤다.

"저 펭귄이 몇 년 전에 바꿔치기한 게 틀림없어!"

정답이었다. 페더스는 다이아몬드를 바꿔치기했다. 과거 월레스가 경찰에 신고하느라 바빴을 때, 페더스는 다이아몬드와 함께 부엌에 혼자 남아 있었다. 교활한 악당은 그 짧은 틈에 밧줄을 풀고 선반 위 찻주전자를 꺼내 반짝이는 다이아몬드를 넣은 다음, 다시 원래 자리로 돌려놓았다. 채소 선반의 순무는 다이아몬드 대신 가방에 넣기 딱 좋은 크기였다. 치밀한 펭귄은 언젠가 다시 와서 다이아몬드를 되찾겠다고 다짐했다.

경찰이 도착했을 때, 페더스는 이미 의자에 앉아 이전처럼 자신을 묶어 둔 상태였고, 다이아몬드 가방은 식탁 위에 있었다. 그래서 아무도 의심하지 않았고, 의심할 이유도 없었다. 그렇게 블루 다이아몬드는 오랜 시간 월레스의 찻주전자 속에 숨겨지게 되었다!

"그래, 이 모든 게 네 계획이었어!"

사건의 비밀을 알아낸 월레스가 큰 소리로 말했다.

"넌 다이아몬드를 가지고 유유히 사라지고, 모두가 나를 도둑으로 생각하게 만들어 누명을 씌울 셈이지? 이런! 내가 교활한 복수극에 완전히 속아 버린 거야!"

페더스는 승리의 미소를 지으며 월레스를 쳐다보았다. 그야말로 완벽한 복수였다.

월레스와 그로밋이 뭔가를 해 보기도 전에 사악한 노움들은 그들을 생활용품이나 잡동사니를 보관하는 계단 아래의 작은 다용도실로 밀어 넣었다. 페더스가 문을 쾅 닫자 칠흑같은 어둠 속에 둘만 남겨졌다.

페더스는 곧장 작은 버스를 타고 운전석에 앉았다. 뒤를 따르던 노봇 군단이 엔진 없는 버스를 들어 올리더니 거리를 달리기 시작했다. 부릉! 부릉부릉! 노움 엔진 버스의 질주가 시작됐다!

Chapter 18

도망자 월레스

얼굴이 벌겋게 달아오른 경감이 박물관 밖으로 뛰쳐나왔다. 순무 때문에 화가 머리끝까지 난 상태였다. 무커지 순경이 뒤따라 나왔다.

"이건 최악이야!"

경감이 고함을 질렀다.

"이제 마을 전체가 날 비웃을 거라고!"

"페더스를 데려와서 조사할까요, 경감님? 마지막으

로 다이아몬드를 가지고 있었으니까요."

무커지 순경이 말했다.

경감이 우뚝 멈춰 서더니 말했다.

"아니! 아니야! 그 녀석이 아니었어!"

"네? 아니라니요?"

무커지 순경이 되물었다.

"그렇다면, 설마?"

"그래! 그자였어!"

경감이 외쳤다. 둘은 동시에 같은 인물을 떠올렸다. 웨스트 월러비 스트리트 62번지에 사는 대머리 발명가 월레스!

"가 보자고."

경찰 자전거 쪽으로 걸어가며 말하던 경감의 얼굴이 굳어졌다. 누군가 그의 안장을 훔쳐 간 것이었다! 경감은 어쩔 수 없이 무커지 순경의 자전거 뒷자리에 앉았다.

"경찰 자전거 안장을 훔치는 간 큰 도둑이 있다니, 믿어지나?"

덜컹거리며 길을 내달리면서 그가 투덜거렸다.

"그러게나 말이에요, 경감님."

무커지 순경은 쉴 새 없이 페달을 밟느라 숨을 헐떡이면서도 대답했다.

"그런데 경감님이 그 사건을 조사하지 말라고 하셨잖아요!"

"어쨌든 우리가 범인을 찾았잖아!"

경감이 힘껏 매달리며 말했다.

"그 모든 일이, 다이아몬드를 독차지하려는 월레스의 계략이었던 거지!"

"경감님이 옳으셨어요, 처음부터."

절대 가볍지 않은 경감을 태우고 달려야 하는 무커지 순경은 숨을 몰아쉬며 맞장구쳤다.

"그자가 진짜 악당이었어! 이런 짓을 벌이고도 무사히 빠져나갈 수 있다고 생각했다면, 그건 아주 큰 착각이야! 어림도 없지!"

경감이 말했다.

같은 시간, 깜깜한 다용도실에서는 꽁꽁 묶인 채 갇

힌 월레스와 그로밋이 밧줄을 풀기 위해 안간힘을 쓰고 있었다. 하지만 모든 시도가 실패로 끝나자, 월레스가 침울해하며 말했다.

"다 내 잘못이야. 나는 그저 항상 사람들을 돕는 좋은 발명품을 만들고 싶었을 뿐인데, 그게 나쁜 일에 쓰일 거라고는 상상도 못 했어."

그로밋의 눈가가 촉촉해졌다. 월레스는 단 한 번도, 누구에게 해를 끼치려고 한 적이 없었다. 그때 저벅저벅! 다용도실로 다가오는 발걸음 소리가 들렸다.

"아, 안 돼! 경찰이 왔어! 꼼짝없이 잡혀가게 생겼어!"

월레스가 절규했다. 다용도실 문이 삐걱 열렸다.

"좋은 아침입니다. 월레스 주인님, 그로밋 주인님."

진짜 노봇이 고개를 내밀며 꽁꽁 묶인 두 사람을 보고 말했다.

"노봇! 어디 있었던 거야?"

월레스가 소리쳤다.

"작은 일에도 최선을 다합니다."

노봇이 낙엽 제거용 송풍기를 다용도실에 넣으며 말했다.

"너 다시 일꾼 노봇으로 돌아왔구나!"

월레스가 안도하며 말했다.

"우린 살았어!"

그런데 노봇은 월레스와 그로밋을 무시하고 진공청소기를 꺼냈다.

"깔끔하고 깨끗하게!"

노봇은 월레스와 그로밋을 그대로 둔 채 문을 닫고 계단 청소를 시작했다.

"안 돼! 노봇, 돌아와!"

청소기 소음이 시끄럽게 울렸지만 월레스는 포기하지 않고 소리쳤다.

"걱정 마, 그로밋. 노봇은 음성 인식 기능이 있으니까, 노오봇! 노오오봇!"

월레스는 그로밋을 달래며 또 소리쳤지만 노봇은 청소기 소리 때문에 월레스의 목소리를 듣지 못했다. 실망한 월레스가 주저앉았다. 하지만 그로밋은 쉽게 포기하지 않았고, 마침내 기막힌 탈출 계획을 떠올렸다! 그가 의자를 위아래로 흔들기 시작했다.

"어! 뭐 하는 거야? 조심해, 친구!"

놀란 월레스가 말했다. 그로밋이 계속 의자를 흔들면서 점점 낙엽 제거용 송풍기 쪽으로 통통거리며 이동했다.

"지금 우리가 낙엽 치울 때가 아니잖아!"

월레스가 말했다. 그로밋은 아랑곳하지 않고 한쪽 다리를 움직이는 데만 집중하더니, 이윽고 발로 송풍기 스위치를 '켜짐'으로 올렸다. 휘우우우우웅! 송풍기에서 강력한 바람이 뿜어져 나오며 순식간에 의자를 다용도실 밖으로 밀어냈다. 빠르게 복도를 따라 내달리던 중 쾅! 노봇과 충돌했다. 부딪친 노봇이 공중에 튀어 올랐다가 월레스의 무릎 위로 떨어졌다. 그때 그로밋이 딱 맞춰 의자의 등받이 조절 손잡이를 당겨 등받이를 완전히 젖혔다.

슈우우웅! 셋은 로켓처럼 현관문을 향해 쏜살같이
내달렸다.

그 시각, 집 밖에서는 막 도착한 매킨토시 경감과 무
커지 순경이 자전거에서 내리고 있었다.

"곧 누군가는 아주 깜짝 놀라겠군!"

경감이 의기양양하게 말하며 현관문 앞으로 다가섰다. 그 순간 "그로오오오오오미이이이잇!" 하는 비명과 함께 남자 한 명, 개 한 마리, 노움 하나를 태운 사무용 의자가 쌔애앵! 돌진해 문을 산산조각 내며 나왔다.

무커지 순경은 급히 몸을 피했고, 의자는 그녀의 옆을 아슬아슬하게 스치며 슈우우웅 지나갔다.

"경감님! 범인이 도망가고 있어요!"

무커지 순경이 외쳤다.

"어, 경감님?"

그녀는 땅에 나뒹구는 현관문을 바라보았다. 딩동! 초인종 소리에 문을 들어 올리자 그 아래 납작하게 깔린 경감이 보였다.

"자, 자, 잡았나?"

경감이 멍한 얼굴로 중얼거렸다.

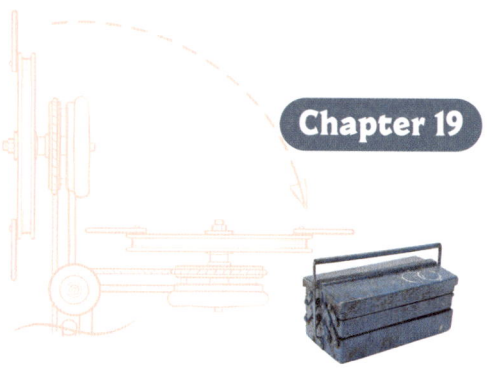

Chapter 19

대운하 추격전

정신없이 달리던 의자가 겨우 멈췄다. 월레스는 흐리멍덩한 얼굴로 앞을 바라보다가 길 앞쪽에서 소형 버스를 몰고 있는 페더스를 발견했다.

"저기 페더스야! 저 녀석을 쫓아야 해!"

그가 소리쳤다. 사무용 의자에 묶여 있는 월레스와 그로밋은 의자 바퀴를 굴려 페더스를 뒤쫓기 시작했다.

"속도를 더 낼까요, 월레스 씨?"

노봇이 낙엽 송풍기의 세기를 초강력으로 올리며 말했다. 세 사람은 다시 한번 총알처럼 튀어 나갔고 머지않아 버스와 나란히 달리게 되었다. 페더스는 조수석에 다이아몬드 가방을 놓아두고 눈앞의 도로만 뚫어지게 쳐다보며 버스 운전에 집중하고 있었다. 월레스는 의자를 들어 올리고 창문 너머에서 소리쳤다.

"다이아몬드를 내놔, 이 도둑아! 노봇, 가져와!"

노봇이 흔들거리는 의자 위에서 간신히 버스 창문을 붙잡고 올라가 다이아몬드 가방을 향해 손을 뻗었다. 그 순간 페더스가 노봇을 발견해 버렸고, 그를 떨쳐 내려고 급히 방향을 틀어 골목길로 들어갔다. 쓰레기통이 쓰러져 바나나 껍질이 바닥에 잔뜩 널려 있는 골목이었다. 전력 질주하던 노움들이 바나나 껍질을 밟고 미끄러지며 버스는 균형을 잃고 빙글빙글 돌다가 콰쾅! 큰 소리와 함께 뒤집히고 말았다! 하지만 페더스는 다치지 않고 버스에서 뛰어내려 달렸고, 그 뒤를 노움들이 바짝 붙어 따라갔다.

페더스는 울타리 틈으로 빠져나가 운하 옆길로 도망쳤다. 그의 앞에 "최고의 일상 탈출"이라는 표지판이 걸린 운하 유람선이 보였다. 페더스를 위해 준비된 최고의 감옥 탈출선 같았다. 그는 망설임 없이 배에 뛰어올랐고, 노움들도 그 뒤를 따랐다.

월레스와 그로밋, 노봇도 악당을 쫓아 골목 안으로 빠르게 들어섰다.

"멈춰야 해! 노봇!"

월레스가 소리쳤다.

"알겠습니다, 월레스 씨."

노봇은 대답과 동시에 월레스를 묶은 밧줄을 풀어 고리로 만든 뒤 기둥에 던져 걸었다.

"그렇게 말고오오오오오!"

월레스가 소리 질렀다. 밧줄이 풀리며 의자가 빠르게 뱅글뱅글 돌다가 헬리콥터처럼 공중으로 떠올라 울타리를 넘어 날아갔다. 우당탕탕! 그들은 두 번째 운하 유람선의 지붕을 뚫고 떨어졌다.

"긴급 정지 완료!"

노봇이 말했다. 정신을 차린 그로밋이 벌떡 일어섰다. 그들 앞에서 페더스가 탄 배가 천천히 움직이고 있었다. 가만히 두고 볼 그로밋이 아니었다! 그로밋은 거칠게 배에 시동을 걸고 모든 장치를 작동시켰다! 최고 속도로 출동! 추격전이 시작됐다!

하지만 운하 유람선은 원래 매우 느린 배였다. 급한 마음과는 달리 느릿느릿 도망가는 페더스와 노움 군단을 느릿느릿 따라가게 되었다. 뒤를 돌아본 페더스도 자신을 쫓는 배를 발견했지만, 속도를 더 올릴 방법이 없었다. 두 척의 운하 유람선은 칙칙거리며 천천히 나아갔다. 그사이 운하 옆길에서 개를 데리고 산책하는 할머니에게 추월당하기도 했다. 이렇게 느긋한 추격전이 또 있을까? 그래도 운하 역사상 가장 박진감 넘치는 사건이었다.

그 무렵, 자전거를 타고 쫓아오던 무커지 순경과 경감도 운하에 도착했다. 무커지가 운하 다리에서 자전거를 끼익! 멈췄다.

"경감님, 저기 있어요!"

유람선을 발견한 그녀가 소리쳤다.

"저 배 참 멋지구먼, 내 유람선이랑도 좀 닮았고 말이야."

배를 훑어보던 경감이 유람선의 이름을 본 순간 얼어붙었다. 던 니킨이라니!

"잠깐! 저거 내 배잖아! 법의 이름으로 명령한다! 당장 멈춰!"

그가 확성기를 들고 외쳤지만, 그로밋은 노봇 군단이 던지는 수많은 화분을 피하며 배를 조종하느라 정신이 없어서 듣지 못했다. 그로밋은 화분 공격을 뚫고 아래층 주방에 있는 월레스를 찾았다.

"더 이상 못 버텨, 친구!"

그로밋을 본 월레스가 소리쳤다. 노움들을 초기화할 수만 있다면 좋을 텐데, 방법이 없을까?

콰쾅! 또다시 화분 미사일이 유람선을 강타했다. 유람선이 크게 휘청거리며 한쪽으로 기울었고, 찬장이 열리면서 월레스 위로 장화가 쏟아졌다. 머리에 장화를 쓴 채 빠져나온 월레스는 자신을 바라보는 그로밋과 눈이 마주쳤다. 그 순간 둘은 같은 생각을 떠올렸다.

"새 발명품을 만들자고?"

공구 상자를 찾은 월레스가 말했다.

"정말 괜찮을까, 친구?"

그로밋이 천천히 고

개를 끄덕였다. 그 어느 때보다 확신에 찬 얼굴이었다. 월레스의 얼굴이 밝아졌다.

"좋아, 그럼! 발명가 출동 준비 끝!"

월레스가 눈을 반짝이며 공구 상자를 힘껏 움켜쥐었다.

장화 전쟁

운하 옆길에서는 두 명의 경찰이 자전거 페달을 쉴 새 없이 밟으며 유람선을 맹렬히 쫓고 있었다.

"월레스가 내 배를 훔치다니, 어떻게 이럴 수 있어!"

경감이 분노에 찬 목소리로 외쳤다.

"그러고 보니 자네는 그가 결백하다고 생각했지, 무커지!"

그때 무커지 순경의 눈이 커졌다. 앞서가는 배를 조

종하는 작고 검은 형체를 발견한 것이다.

"저 앞에 페더스 맥그로 같아요."

경감에게 말한 그녀는 드디어 모든 상황을 파악했다.

"경감님! 월레스와 그로밋은 페더스 맥그로를 막으려는 거예요!"

페더스는 무커지 순경의 외침을 듣고 뒤를 돌아보았다. 날 어떻게 알아본 거지? 머리를 더듬더듬 만져 본 페더스는 고무장갑이 없다는 사실을 깨달았다. 변장이 풀려 버린 것이다. 다른 고무장갑을 구할 여유가 없어 페더스는 근처에 걸려 있는 검은 옷과 스카프를 낚아채 재빨리 새로운 변장으로 정체를 숨겼다.

"말도 안 되는 소리 하지 마. 페더스 맥그로는 동물원에 갇혀 있잖아."

경감이 쌍안경으로 배를 조종하는 검은 천을 뒤집어쓴 형체를 보며 말했다.

"저건 그냥 유람선에서 관광을 즐기는 평범한 수녀일 뿐이야!"

하지만 무커지 순경은 경감의 말을 무시하고 운하를
따라 전속력으로 페달을 밟았다.

"아이고!"

자전거에서 떨어질 뻔한 경감이 소리 질렀다.

"월레스를 정신 나간 발명가로 오해했다는 생각이 들어요."

최고 속도로 자전거를 몰고 있는 무커지 순경이 숨을 헐떡이며 말했다. 바로 그 순간, 월레스가 배 지붕을 뚫고 솟아올랐다.

"으하하하하!"

그는 보호안경을 쓰고 괴상한 장화 발사 기계를 조종하며 큰 소리로 웃고 있었다.

"어, 전부 다 오해였던 건 아닌가 봐요."

월레스를 본 무커지 순경이 침을 꿀꺽 삼키며 말했다.

"자동 껐다켜봇 준비됐어, 그로밋!"

월레스가 스위치를 누르고 기계의 페달을 밟기 시작했다.

"내가 힘들게 모은 소중한 장화로 지금 뭐 하는 짓이야?"

자동 껐다켜봇이 모두 자신의 수집품으로 만들어진 것을 본 경감이 경악하며 외쳤다.

"저 노움들 뒤통수에 시원하게 장화 한 방 먹이고 초기화시켜 버리자고!"

월레스가 방아쇠를 당기고 미친 듯이 페달을 밟으며 소리쳤다. 퓽! 퓽! 퓽! 장화가 발사되었다. 경감괴 무기지 순경은 날아오는 장화를 보고 재빨리 몸을 숙였다. 장화는 그들의 귀를 스쳐 곧장 노움들에게 날아갔다. 팡! 팡! 팡! 모든 노봇 군단이 운하로 떨어졌다.

"명중!"

월레스가 소리쳤다.

"노봇들의 초기화가 시작되었습니다!"

진짜 노봇이 보고했다.

"성공이야, 친구! 조금만 더 힘내!"

월레스가 외쳤다.

"당장 그만두지 못해! 더 이상 못 참아!"

운하 옆길에서 경감이 불같이 화를 내며 소리쳤다. 그는 경찰 무전기를 꺼내 명령을 내렸다.

"매킨토시 경감이다! 전 대원 월레스를 추격하고 체포해!"

그때 장화 하나가 엉뚱한 방향으로 날아갔다. 무커지 순경은 몸을 숙였지만, 경감은 정통으로 맞고 말았다. 꽈당! 경감이 바닥에 쓰러졌다.

"죄송해요, 경감님. 이번엔 제 직감을 따라야겠어요."

지휘를 맡게 된 무커지 순경이 무전기를 잡으며 말했다.

"전 대원에게 알린다! 국경으로 향해라. 용의자는 월레스가 아니라 유람선을 조종하는 작은 수녀다!"

무커지 순경은 다시 페달을 밟아 유람선을 뒤쫓았다. 정신이 든 경감의 얼굴이 붉게 달아올랐다.

"후회하게 될 거야, 무커지!"

그가 떠나는 무커지 순경을 향해 주먹을 흔들며 소리쳤다.

Chapter 21

대운하 질주

운하 수면 위로 고깔모자가 하나둘 떠올랐다. 날아 오는 장화에 맞아 얼음장처럼 차가운 물에 빠졌지만 모두 웃는 얼굴이었다.

"안녕!"

그들은 서로에게 인사했다.

"나는 만능 일꾼 노움 로봇! 노봇이라고 불러 주세 요. 만나서 반가워요!"

월레스의 자동 껐다켜봇 작전은 대성공이었다! 발사된 장화가 노움들의 초기화 스위치를 맞춘 덕분에 원래의 착한 모습으로 돌아왔다!

그로밋이 그물을 던져 운하에 빠진 노움들을 건져 올리는 동안, 월레스는 페더스에게서 눈을 떼지 않았다.

"이제 저 녀석은 잡은 거나 다름없어!"

월레스가 의기양양하게 외친 순간, 펭귄이 시야에서 사라졌다.

"어? 어디 갔지?"

월레스가 갸우뚱거리며 말했다.

부아아앙! 요란한 엔진 소리에 월레스와 그로밋이 깜짝 놀랐다. 콰앙! 페더스의 운하 유람선이 배 수리 작업장의 문을 부수며 튀어나왔다. 영악한 펭귄이 운하 유람선에 새 모터를 달아 고속 운하 보트로 개조한 것이었다!

페더스는 월레스와 그로밋을 스쳐 지나가며 자신만만하게 손을 흔들었다. 그로밋은 빠르게 대응했다. 밧줄로 올가미를 만들어 페더스의 고속 운하 보트 뒤쪽의 기둥에 걸었다.

"좋았어, 친구! 드디어 잡았어어어어어어억!"

월레스가 말을 끝내기도 전에 그들의 배가 빠르게 끌려갔다. 균형을 잃은 월레스는 뒤로 구르다가 물에 빠졌다. 풍덩! 그로밋이 서둘러 구명 튜브를 던졌다.

"놓치면 안 돼애애애애애!"

월레스가 물 위로 솟아오르며 소리쳤다. 착지하는 그의 발에 낡은 판자 두 개가 끼었다. 우아아아! 월레스가 비명을 지르며 수상 스키를 타듯이 물 위를 질주했다! 그는 물살에 휘청이며 필사적으로 균형을 잡으려 애썼다.

그로밋은 페더스의 배와 연결된 밧줄을 감기 시작했고, 두 유람선은 점점 가까워졌다. 이 모습을 본 페더스는 소풍 바구니를 뒤적거리더니 치즈 바르는 칼을 꺼내 밧줄을 자르기 시작했다. 그로밋은 밧줄을 더욱 빨리 감았다.

뒤편의 월레스는 다른 배들이 운하를 쌩쌩 지나가며

일으킨 물결에 휩쓸려 좌우로 요동쳤다. 결국 공중으로 튕겨 올라 운하 둑으로 올라갔고, 작은 텐트 안으로 돌진했다. 촤아악! 텐트가 월레스의 몸에 감긴 채 그대로 지나갔고, 실외 변기에 앉아 있던 놀란 얼굴의 캠핑족만 덩그러니 남겨졌다.

"정말 미안해요!"

텐트에 감긴 월레스가 웅얼거리듯 외쳤다.

그러는 사이 앞쪽에서는 낮고 어두운 터널이 다가오고 있었다. 그로밋의 눈에 페더스의 갑판에 있는 다이아몬드 가방이 들어왔다. 하지만 터널 입구에 다다르자마자 페더스가 밧줄을 끊어 버려 다시 도망갈 수 있게 되었다. 펭귄을 놓아줄 생각이 없는 그로밋은 그 틈에 뛰어올랐다. 엄청난 점프였다! 그는 하늘을 가로지르며 페더스의 배에 착지했다.

한편 줄이 끊어져 홀로 운하 둑을 달리던 월레스는 간신히 텐트를 벗어 던졌지만, 입에는 변기 솔이 물려 있었고 바로 앞에는 채소로 가득 찬 수레가 있었다.

그대로 수레와 충돌한 월레스가 "으아악!" 비명을 지

르며 수레를 타고 언덕 아래 절벽으로 미끄러져 내려
갔다.

"어라?"

농부가 황당해하며 사라진 수레를 찾기 위해 주위를
두리번거렸다.

터널 속 배 위에서는 그로밋과 페더스가 서로를 노
려보고 있었다. 개와 펭귄의 한 판 승부가 벌어졌다. 둘
은 어둠 속에서 좁은 지붕 위를 구르며 뒤엉켜 싸웠다.
페더스는 우산을 펜싱 칼처럼 휘둘러 용감하게 덤벼

드는 개를 쓰러뜨리고 우산을 그의 목에 들이밀며 눌렀다.

그로밋이 불리한 상황에 놓인 그때, 배가 터널에서 벗어나며 다시 주변이 환해졌다. 배는 아찔하게 높고 좁은 다리 위에 만들어진 운하를 지나가고 있었다!

그 순간, 그로밋과 페더스는 "꺄아아아악!" 하는 비명을 듣고 고개를 들었다. 절벽에서 떨어진 월레스가 그들을 향해 날아오고 있었다. 콰당탕탕! 월레스는 두 번째 배의 지붕을 박살 내며 떨어졌고 수레에 실려 있던 온갖 채소가 페더스와 그로밋 위로 쏟아졌다.

페더스는 그 틈에 도망치기로 마음을 바꿨다. 페더스가 몸을 돌려 배의 지붕 위를 달리려는 순간, 그로밋이 덤벼들어 그를 잡았고 수녀 변장이 벗겨져 버렸다. 변장이 벗겨진 페더스도 변장을 벗긴 그로밋도 깜짝 놀라 잠시 어색한 침묵이 흘렀다. 이내 페더스가 그로밋의 뺨을 찰싹 때렸다.

그사이 무커지 순경과 경찰차 두 대가 그들과 떨어진 앞쪽 운하에 끼익하고 멈춰 섰다.

"역시 페더스 맥그로일 줄 알았어!"

그녀가 도둑 펭귄을 발견하고 외쳤다.

"빨리 운하를 막아!"

수문이 닫히는 것을 본 페더스는 급히 브레이크를 당겨 배를 세우려 했다. 하지만 속도를 이기지 못한 배가 그로밋을 튕겨 내며 빙그르르 돌다가 운하를 벗어났다. 잠시 후 배는 가까스로 멈췄지만, 높고 좁은 운하 다리에 위태롭게 걸쳐진 상태였다.

모두가 숨을 죽였다. 배는 바람이 불 때마다 시소처럼 흔들렸고, 삐거덕거리는 소리만이 불길하게 울려 퍼졌다. 정신을 차린 그로밋은 자신이 뱃머리에 발이 걸린 채 바람에 나부끼고 있다는 사실을 깨달았다. 공포에 질린 눈으로 까마득한 낭떠러지 아래를 내려다보던 중 손에 들린 다이아몬드 가방이 눈에 들어왔다. 용맹한 그로밋이 가방을 가로챈 것이다!

하지만 반대편 끝에 있던 페더스도 가방을 보고 말았다. 펭귄은 겁도 없이 흔들리는 배 위에서 다이아몬드를 향해 한 걸음 한 걸음 다가갔다. 그의 눈에는 오직 블루 다이아몬드만 보였다. 욕심쟁이 펭귄은 보석을 손에 넣을 수만 있다면, 어떤 위험도 감수할 작정이었다.

끼익! 끼이익! 배가 심하게 흔들리며 그로밋 쪽으로 크게 기울었다. 그로밋이 침을 꿀꺽 삼켰다. 페더스가 더 다가오면 무게가 한쪽으로 쏠려 다 같이 추락하고 말 것이다!

운하 탈출

페더스는 다이아몬드 가방을 가리키며 자신에게 던지라는 신호를 보냈다. 그로밋이 고집을 부린다면 계속 걸어가 함께 떨어지겠다는 협박이었다.

두 번째 유람선에 타고 있던 월레스는 그로밋의 절박한 상황을 모두 지켜보고 있었다.

"그냥 다이아몬드를 줘 버려, 그로밋!"

그가 소리쳤다.

"난 발명 없이는 살 수 있지만, 너 없이는 살 수 없어!"

월레스의 눈에 눈물이 그렁그렁 맺혔다. 그로밋은 고민에 빠졌다. 어떻게 해야 하지? 그는 고개를 숙여 아래를 내려다본 후 결정을 내렸다. 선택의 여지가 없었다. 그가 가방을 던지자, 페더스가 한쪽 날개로 잽싸게 낚아챘다. 펭귄은 한 치의 망설임도 없이 우산을 들고 반대쪽으로 걸어가 배에서 뛰어내렸다. 낭떠러지 아래로 떨어지던 페더스가 우산을 낙하산처럼 펼쳐 아래를 지나가던 증기기관차에 착지했다. 그것도 촉촉한 요크셔 푸딩(촉촉하고 짭짤한 푸딩)이 가득 실린 지붕 없는 화물칸에! 정말 운 좋은 펭귄이었다. 페더스가 사라지자, 배는 급격히 한쪽으로 기울며 운하 다리 아래로 미끄러지듯 추락하기 시작했다. 그로밋은 가파른 배 위를 올라가기 위해 최선을 다해 달렸다.

"안 돼애애애애애애!"

월레스가 소리를 지르며 친구를 구하려고 달려갔지만 너무 늦어 버렸다. 그로밋은 이미 아래로 떨어지고 있었다.

"그로오오오미이잇!"

하나뿐인 단짝을 구하지 못한 월레스가 절박하게 외쳤다.

콰아앙! 먼저 배가 땅에 곤두박질치며 산산조각이 났다. 그 광경을 본 그로밋은 눈을 감고 죽음을 각오했다. 그런데 충돌 직전, 불쑥 팔 하나가 나타나 그를 붙잡았다. 기계 팔이었다.

"안녕, 나는 만능 일꾼 노움 로봇! 노봇이라고 불러 주세요."

노봇의 목소리였다. 그로밋이 눈을 뜨자, 서로를 잡아 한 줄로 길게 연결된 노움들이 보였다. 노움들이 하나 되어 만든 거대한 노움 사슬이었다! 그들은 멍한 얼굴의 그로밋을 끌어 올린 뒤 운하 옆에 안전하게 내려 줬다.

"작은 일에도 최선을 다합니다!"

진짜 노봇이 말했다. 그로밋은 그를 끌어안았다. 노봇을 알고 난 뒤로 가장 반가운 순간이었다! 월레스는 둘의 사이 좋은 모습을 흐뭇하게 지켜봤다.

"네가 최첨단 기술을 인정하게 될 줄 알았어, 친구."

그는 호탕하게 웃었다. 모두가 다 함께 껴안았다.

"무사해서 정말 다행이야!"

"자자, 거기까지만 해."

훈훈한 순간에 경감이 끼어들어 찬물을 끼얹었다.

"여긴 범죄 현장이라고!"

"경감님!"

무커지 순경이 그에게 다가가며 말했다.

"지금은 바쁘니 사과는 나중에 받도록 하지. 무커지, 어서 월레스를 체포, 으잉?"

참을성 없이 무커지 순경의 말을 끊던 경감이 멈칫했다. 무커지 순경이 그의 눈에 쌍안경을 들이밀었기 때문이다.

"맙소사!"

경감이 경악했다.

"진짜 페더스 맥그로잖아!"

쌍안경 너머로 저 멀리 칙칙거리는 증기기관차를 타고 도망가는 작고 검은 형체의 페더스가 보였다. 펭귄

은 다이아몬드 가방을 들어 올리고는 그들을 놀리듯 흔들었다.

"다이아몬드도 가져가 버렸어요!"

무커지 순경이 풀 죽은 목소리로 말했다. 경감이 침울해하며 고개를 절레절레 흔들었다.

"저 녀석 때문에 명예로운 은퇴는 물 건너갔어!"

반면, 증기기관차를 탄 페더스는 모든 것이 만족스러웠다. 완벽하게 해냈다! 모두를 속이고 블루 다이아몬드를 손에 넣었다. 그는 승리감에 취해 반짝이는 보석을 꺼내려고 가방 안에 손을 넣었다. 그런데 그가 꺼내 든 것은 또 다른 순무였다!

페더스는 어안이 벙벙한 표정으로 무 뿌리만 하염없

이 바라보았다.

　같은 시각, 배 위에서는 그로밋이 모두를 깜짝 놀라
게 했다. 그가 블루 다이아몬드를 들어 올리자 모든 이
들이 숨을 헙! 들이켰다! 역시 그로밋! 이 영리한 강아
지가 오래전의 페더스처럼 다이아몬드를 순무로 바꿔
치기한 것이다.

　그로밋은 멀어지는 증기기관차를 바라보며 실망한

페더스에게 승리의 경례를 보냈다.

"이게 진짜야? 사실이야?"

경감은 너무 놀라 버벅거리며 말했다.

"똑같이 바꿔치기를 하다니! 나도 깜빡 속았다고, 친구!"

월레스가 활짝 웃으며 말했다. 그는 하나뿐인 단짝이 더할 나위 없이 자랑스러웠다.

"와아아!"

노봇 군단도 환호성을 질렀다.

"이건 당신이 가져가야 할 것 같군요, 경찰관님."

월레스가 무커지 순경에게 다이아몬드를 건네며 말했다.

"오."

기운을 되찾은 경감이 활기차게 말했다.

"모든 상황을 따져 보면, 당신이 무죄라던 무커지의 말이 옳았군요!"

"그럼, 감옥에 안 간다는 말이죠?"

월레스의 목소리에 기대가 묻어났다.

"당연하죠."

경감은 무커지 순경을 보며 말했다.

"모두 젊고 훌륭한 경찰의 직감 덕분입니다! 넌 타고난 경찰이야, 무커지!"

"정말요? 감사합니다, 경감님."

무커지 순경이 경례 자세를 취하며 말했다.

"정말 대단한 사건이었어요. 명예로운 은퇴를 축하드려요, 경감님."

그녀가 블루 다이아몬드를 건네며 말했다. 월레스는 활짝 웃으며 그로밋을 바라보았다.

"반전에 반전의 순무라니(세상에 이런 순무가!), 정말 대단했어. 그렇지, 친구?"

월레스가 깔깔 웃으며 말했다.

Chapter 23

영원한 친구

경감이 은퇴한 뒤 승진한 무커지 순경은 새 사무실을 둘러보며 만족스러운 미소를 지었다. 그녀는 페더스 맥그로의 새로운 수배 전단지를 벽에 붙였다. 도망친 펭귄을 찾는 일이 쉽지 않겠지만, 무커지 순경은 자신 있었다.

은퇴한 그녀의 전 상관은 이제 "맥"이라고 불린다. 그는 사랑하는 운하 유람선 던 니킨을 타고 칙칙 물살

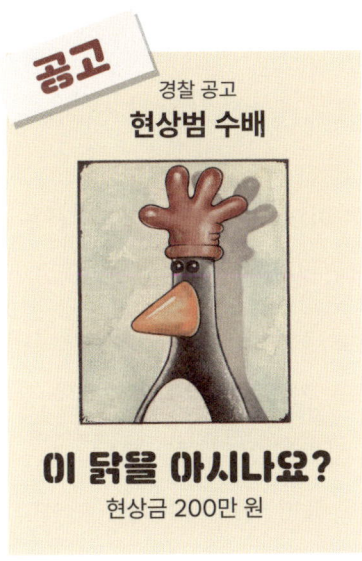

경찰 공고
현상범 수배

이 닭을 아시나요?
현상금 200만 원

을 가르며 평화롭고 여유로운 삶을 즐기고 있었다. 그런데 그가 갑자기 벌떡 일어났다. 누군가 던 니킨을 추월한 것이다.

"이봐! 표지판 못 봤어? 폭주족 짐!"

맥이 소리를 버럭 질렀다.

"여긴 최고 속도가 시속 6킬로미터인 제한 구역이라고!"

그는 손을 뻗어 보트 지붕에 파란 경광등을 붙였다.

"일단 면허 벌점 3점 추가야!"

그는 물살을 가르며 문제의 배 뒤를 칙칙 쫓아갔다.

삐뽀! 삐뽀! 사람들이 흔히 말하듯, "한번 경찰은 영원한 경찰"이니까.

웨스트 월러비 스트리트 62번지에서는 그로밋이 신문을 읽고 있었다. 1면에 "월레스, 무죄로 밝혀져! 사악한 발명가는 누명이었다!"라는 머리기사가 실려 있었다. 월레스는 가장 좋아하는 치즈와 크래커를 담은 접시와 차를 쟁반에 올려 들어왔다. 그는 낡은 찻주전자를 접착제로 붙여 다시 사용하고 있었다.

"내가 제일 사랑하는 강아지, 같이 먹을까?"

그가 쟁반을 내려놓으며 말했다.

"아, 그리고 정원에 네 선물을 준비해 뒀어."

그로밋이 놀라서 눈썹을 치켜올렸다. 또 새로운 발명품일까? 주인을 따라 밖으로 나가보니, 노봇의 손에 작은 묘목이 심어진 화분이 들려 있었다.

"자동 토닥이를 업그레이드했어."

월레스가 리모컨을 집어 들며 말했다. 그로밋은 안도의 한숨을 내쉬었다. 적어도 자동 토닥이가 큰 사고를 치지는 않을 테니까! 월레스가 버튼을 누르자 이전

토닥이와는 전혀 다른 기계가 나타났다. 이제는 자동 심어봇으로 바뀌었다!

원격 조종 자동차에 연결된 업그레이드 발명품이 작동을 시작했다. 자동차가 이리저리 다니며 식물을 심을 곳을 찾다가, 기계손이 모종삽으로 빠르게 구멍을 파자 노봇이 그 안에 묘목을 넣었다. 흙을 다지고 노봇이 물을 주었다.

"심기 작업 완료했습니다!"

노봇이 작업을 끝내며 말했다. 월레스는 기분 좋게 웃으며 그로밋의 등을 토닥였다.

"기계가 절대 대신할 수 없는 일이 몇 가지 있지."

그가 그로밋의 귀를 간지럽히며 말했다.

"고마워, 영원한 내 친구!"

둘은 차를 담은 머그잔을 들어 건배했다. 평온하고 즐거운 일상이 다시 시작되었다. 둘은 또 함께 범죄를 해결했고, 평범한 일상으로 돌아오게 되어 기뻤다. 더 이상 범죄도, 다이아몬드도, 사악한 펭귄도 없을 것이다. 적어도 다음 사건이 일어나기 전까지는!

월레스와 그로밋
복수의 날개

1판 1쇄 인쇄   2025년 12월 15일
1판 1쇄 발행   2025년 12월 26일

...

지은이   어맨다 리
옮긴이   방경오

...

펴낸이   김봉기
출판총괄   임형준
편집   안진숙
교정교열   김민영
디자인   산타클로스
마케팅   선민영, 조혜연, 임정재

...

펴낸곳   FIKA[피카]
주소   서울시 강남구 테헤란로 26길 14, 5층
전화   02-3476-6656
팩스   02-6203-0551
홈페이지   https://fikabook.io
이메일   book@fikabook.io
등록   2018년 7월 6일(제2018-000216호)

...

ISBN   979-11-93866-41-2 03840

피카 출판사는 독자 여러분의 아이디어와 원고 투고를 기다리고 있습니다.
책으로 펴내고 싶은 아이디어나 원고가 있으신 분은 이메일 book@fikabook.io로 보내주세요.